石堂先生遺集

（宋）陳普 著

明萬曆三年刊

鳳凰出版社

3

第三册

石堂先生遺集卷之十四

宋寧德 陳普 尚德

策問

問爲人 宋咸淳癸酉代長州縣作

問蓋嘗靜觀默察仰而圓渾俯而方儀日月風雲山川動靜隱顯霏動高下洪纖前莫知其所始後莫究其所終果何謂哉反而思之圓顱方趾目横耳從父子夫婦而處日用飲食天地變化則氣類蕃興真元分裂則生聚稀少自有天地凡幾理亂何極既往者隨化而俱盡方來者與氣而偕生又果何謂也由莊

周輩言之真鋝錞粒粟耳由孔氏言之皆所謂不得已者也夫其不得而已則太極也太極君子修之吉小人悖之凶則夫天也地也人也豈得以參參巳乎然嘗疑八卦上一畫天下一畫地中一畫人六十四卦上二畫天下二畫地中二畫人是三者嘗並立而人爲中何爲乎剛健純粹之氣靜順含洪之體萬古不變而位乎其中者賢愚美惡清濁邪正不能以一定耶人者仁也乾之謂元是也不元不足以爲乾不厚不足以爲坤不仁不足以爲人古之聖人列人於天地蓋以仁也然則人之所以爲人豈徒衣裳冠屨

之謂哉由形而觀則人者天地中之一物耳以理而觀則人與天地等耳然則吾之耳目動静施爲作用少與天地有相遠則又惡可謂之人哉此否之一卦與比之上六皆以陰邪不正而謂之匪人而孟子則以無惻隱羞惡辭讓是非之心爲非人也然而目視耳聽手持足履依然而猶故也目之爲匪人非人何也攷之傳記曰聖曰賢曰大曰正曰善曰信莫非人也而曰庸曰愚曰小曰邪曰惡曰妄曰險曰佞未嘗不以人繫之繇易與孟子而言則必上如堯舜次如顔曾有若游夏之徒而後謂之人今以庸愚險佞之

類而猶以人稱曰匪曰非亦爲苛矣卞莊子之勇冉
求之藝雖文以禮樂猶未得仁也而可以爲成人若
爾則爲人亦不難矣然必其仁得而後成位乎其中
則有不與天地相似者終亦不與也不知卞莊子冉
求之道苟能文以禮樂果與天地相似否見危受命
久要不忘者亦遂能與高卑同流否也古之聖人其
所以爲人如此之峻而後世之爲人者苟簡自足任
不重道不遠往往未及成人而遂以自終小而碌碌
世間大而汙人牙頰纔以春秋則易之所謂匪孟子
之所謂非者不得免也而自號於世者未嘗不以人

自居知理識義者以狠疾人稱之而自恕之心常自
謂無愧於天地語言形貌不改而考其平居觀其用
世未嘗受命於天地稟氣於陰陽而忠厚之君子尚
謂其秀而最靈吁秀而靈者果若是乎夫陰邪則匪
矣無惻隱羞惡辭讓是非之心則非矣可不懼哉陰
邪者氣質之性曰卑曰下者也惻隱羞惡辭讓是非
之心者天地之性與生俱生者也氣質之性固陰陽
之所為而湛一無欲之本然非紛擾不齊者之所能
稪故氣質之性君子有弗性也有能以天地之性而
反氣質之性則固有之天根立於內端見於外用行

於天地之間夫然後其庶幾可以爲人矣奈之何醉生夢死顛倒於利欲之場而不自察也方今海内多故天子亟席挼十得五之詔盖將得人以辨天下事夫天下事無非人所爲而人之所以爲人者仁也夫苟仁矣則天地位而萬物育矣而何事之不立如其不仁則以人名之君子有所不敢也槐黄在望郡邑試士以擬爲名盖擬於得人也夫仁人因其言藹如而有得焉擬人必於其倫幸攄所學

問報荅

間天之蒼蒼地之茫茫虚無曠落莫知其涯不耳不

日何見何聞積善者孰慶之積不善者孰殃之譴
滿損培栽覆傾古之君子屢言之是必有所證也閑
若淑而不昌疇逆失於能久悖戾妨身者夭羽山之
野樂道畎畝者被千駟之榮教民稼穡者有天下八
百年長城驪山血天下生靈者僅二世而止信乎其
不可誣也昭昭矣若夫車中之拉足以償寫氏之酷
咸陽市之刑足以伸瓜丘之哀學刑名者未嘗令終
善理財者未嘗免刃雖以刘晏之盡心亦且不免天
地貞觀日月正明其禍福孰顯於此宜乎為善者獲
大福為惡者有常刑狥義者克享盛名叛逆者無所

容於天下循良者長子孫貪虐者不保其家室有德於民有功於國者長守富貴而食人之祿不任人之事者造物奪之必速也然而遠考青史之所載近稽耳目之所接天道有甚不可恃者元禮孟淖未嘗為惡孟德仲達未嘗為善也綿竹之禍盛德之後湯陰之戚忠義之臣也卞壺砥柱晉朝父子俱沒於賊罪莫大於元温乃得免於鈇鉞之下此猶可也天寶之末張許二類皆有大功而受非常之害而奸邪蒙蔽之人乃獨保其首領以沒一時善惡顛倒施報錯謬使天下之人何所畏而不敢為惡亦何所勸而勉於

為善是殆不可曉也中天之変恍赤為國之臣或血
濺市人或身飄瘴海而主和議害君子者常獲順境
至老死而無罰豈洋々者不在其左右即数十年前
有以道自任者流落擯棄動輒得咎西山布衣未嘗
干預天下事乃謫死南荒九疑雲雨至今猶帶悽愴
後来貪天之功縱 闕 涉置毒以賊害忠義者出乎尔
者未嘗反乎爾 闕 事羞惡是非各有攸屬而福華禍
夷耶順討逆 闕 上靈處即天惠吉逆凶有如影響雖
有紛擾不齊而其間不差尺寸世之徇勢利背國家
残斯民以肥其身者 闕 歷考古今之事則有不可致

◎

詰者有志之士將何適從

問興亡勝敗

問陰陽二氣摩軋攻取百千萬狀六合之内晦明理亂俄頃倏忽夫何常之有一陽昭於窮泉群陰驚動辟易無敢違者微陰伏於重淵五龍夭矯於上無如之何消長盛衰信在於時而不在於大小衆寡矣南鄭至弱也而楚至強也一興一亡胡相反乎百萬長驅至盛也八千之卒至少也一勝一敗胡相戾乎呂國君下齊七十餘城田安平一鼓而盡復之城之不守似無憂於國家也高平之戰左軍曳兵而奔步兵

解甲而降翕忽之間轉敗為勝反死為生兵之不勝亦似不足憂矣夫以至弱之力至少之衆已破之城已敗之軍而古人運之掌上籌之目前志氣發而風雲生機關轉而天地開運北海於南溟回陽春於暘谷何其神哉夫惟深也故能通天下之志惟幾也故能成天下之務惟神也故不疾而速不行而至天下之大固在一握之中得其樞紐則一轉移之頃有頓異而大不侔者胸中有百萬甲兵强中國之勢而破西賊之膽亦樞紐之謂也此吳人之所習聞者願申其說

字訓

性理字訓上

至理渾然冲漠無朕造化樞紐品彙根柢是曰太極
一氣坱然充塞太虛動靜周流造化發育是曰元氣
氣動而健能始萬物其數也奇是之謂陽氣靜而順
能成萬物其數也偶是之謂陰得氣之陽輕清成象
運乎地外太無不覆主於生物是之謂天得氣之陰
重濁成形函於天中廣無不載主於成物是之謂地
為陽之性為天之德健而無息是之謂乾為陰之性
為地之德順而有常是之謂坤氣運於天循環無窮

春木夏火秋金冬水土為坤氣寄旺四時是曰五行質生於地自微而著潤下炎上曲直從革上乘載之而能稼穡是曰五材萬物之生於時為春氣為少陽天道之始是之謂元萬物之長於時為夏氣為老陽天道之通是之謂亨萬物之遂於時為秋氣為少陰天道之宜是之謂利萬物之成於時為冬氣為老陰天道正固是之謂貞形而上者無聲無臭是之謂道形而下者有力有体是之謂器自然之理是之謂天主宰萬物是之謂帝以二氣言陽靈為神陰靈為鬼以一氣言氣至而伸氣往而屈皆曰鬼神一氣流行

變通不窮兩儀對待交錯代換是之謂易寖長有形
萬化之漸消融無迹為變之成是謂變化陽動陰靜
合一不測二氣消長推行有定是謂神化維天之命
於穆不已無聲無臭是曰道体陰陽之運消長終始
生生不窮是曰造化造化本原廣大精微進學之始
未易驟窺夫苟茫然列諸篇端究其名義終身而望
是為極致

性理字訓　下

元亨利貞自然之理是曰天道人倫日用當然之則
是曰人道天理流行賦予萬物是之謂命人所禀受

賢愚厚薄是之謂分古今人物本本原原初無或異
是曰理一親疎貴賤隆殺等級萬有不齊是曰分殊
稟扵天者有清有濁有美有惡是之謂氣受扵人者
或明或昏或粹或雜是之謂質天地之心鬼神之會
靈扵萬物能推所為是之謂人動植之類形氣之偏
拘扵所稟而不能推是之謂物所稟厚薄所遇盛衰
是曰天命所生邪正所行是非是曰人事稟乎天理
莫匪至善是之謂性主扵吾身統乎性情是之謂心
感物而動分乎善惡是之謂情心具五常不慮而知
是曰良知身備萬善不學而能是曰良能口鼻嘘吸

思慮謀畫氣之神也是之謂魂耳目聰明記憶辨別
精之靈也是之謂魄心体虛明能知能覺是之謂靈
性之所能無有不善與之所能有善無惡是皆謂才
心之所之趨向期必態持於久是之謂志心之所發
思惟念慮欲有所為是之謂意稟命之元具愛之理
為心之德其端惻隱是之謂仁稟命之亨具恭之理
為心之敬其端辭讓是之謂礼稟命之利具宜之理
為心之制其端羞惡是之謂義稟命之貞具別之理
為心之覺其端是非是之謂智人倫事物當然之理
公平廣大人所共由是之謂道道之界辨精密有條

各止其所確然不易是之謂理　道得於心蘊而不失
是之謂德道著於事積而有成是之謂業真實無妄
終始不息表裏不雜天之道也是之謂誠未至於誠
擇善固執人之道也是曰思誠學者由此進之不已
苟至於誠萬善備矣

箴

教學箴

爾諸生集學校父所生師所教斈詩書斈忠孝各辦
心方見効相敬戒毋喧閙毋懶惰毋傚效脩威儀容
辭謹聲音笑貌群君不敬真嬉戲反使旁觀大可笑

入齋門須叉手不可曳裾蕪舞袖出門去莫狂走趿
則先行姪隨後或兄弟或朋友皆循序齒分大小道
逢長者須相揖莫向人前妄開口歸到家見父母通
萬福立侍右順志承顏旦復晝喫飯罷便叅齋托故
悠悠真可醜疑則問教則受書要真字要格不真不
格不堪覌無格無成空費力拳要虛腕要直古云捉
筆如捉賊休端正有骨骼莫將一畫等閑看文章牘
粉非容蓋公權曾以筆諫君直使其君正心術搜文
牋揮彩筆行行鳳翥鸞翔箇箇銀鈎鐵蠆不見王羲
之古今推第一筆力始通神入木不入石草聖學書

池水黑應通亦齊名細書尤奇特一粒麻子上堪書
國泰民安字明白學有功人少覺仲尼百世師猶曰
不如學斈問優游閱見博如石就磨玉就琢君看萬
卷書五車無古聖賢誰為作毋嬉遊無戲謔嬉遊戲
棄又廢時戲謔能使人情惡心徠氣焉須把捉遠酒
色戒賭博一時相誘不加思害己蠹財方愧作務真
純屛澆薄涵養楚才華峥嵘聳頭角遠方來有同志
氣分旣相投朝夕與從事有疑難熟評隲有文字辨
辭意學古聖賢之道乃成君子之器莫因小事起紛
爭不顧平時朋友義甚至嚾面揮拳加以切齒毀罵

或揚他人過失或斥父母諱字風聲氣習醜如斯豈
是人家賢子弟日有光憂去速夜有燈光可讀尚有
囊螢映雪人莫負光陰徒碌碌那識青春不再来不
學無知如土木十日寒一日暴詩書豈是容易讀讀
得多念得熟自是一生受用足講既明理自燭言言
包造化字字如珠玉課日供對日屬何患無文章四
六事業精文郁郁縱有金玉滿堂寧似詩書滿腹多
少公侯起白屋不特一身榮渾家食天祿那更致君
澤民用為天下之福豐功偉績書竹帛凌烟萬古輝
人目幼學只此為箴規莫厭斯言再三讀

文

上梁文

福建帥府上梁文

海上神仙有三齊乾坤乎今古天下帥垣第一實壯觀乎東南冠冕城濠鼓角寒暑覽形勝則左鼇頂右烏石越峯擁護於其中攷制作則前虎節外環珠宣闥恢宏乎其後九天半方山幾對十里許臺江帶如星分斗牛女之墟地合閩候懷之壤峙萬牛之脩棟列數雉之崇墉邦人稱為威武門藩帥編曰福建道規模壯麗肇建於嘉定辛巳而年百餘氣數盈虧華

故於大德丁未之夏五朔撫斯刼之既徃待其人而後興胡何闕一紀之星霜弗克新七閩之耳目恭惟福建都元帥府經歷袁相公以驄馬御史為紫薇幕賓遇準立非常之功推心行不忍之政士爭覩李以室景星鳳凰人顒見歐陽公黃河嵩華五百年之名世三千里而圖南海濱之人物衣冠生民以來未有或盛國家之棟梁柱石當今之世舍此而誰爰自下車半新崇建上則憲司帥府以董其謙下則屬郡庶邑以宣其劳仕捐俸而儈輸財庸受民而工酬值號令一出力役四来鑿石空山而崩樵雷轟運土塞路

而聯簷貫雲集徂徠松新甫栢木擇地而取材公輸墨離婁繩人隨時而獻技培層臺而用壯廢舊礎之元基柱上下而木石異宜門東西而棖闑同制倣明堂之重屋列玄斗之七宫高百尺而不滿者二焉工萬計而不知其幾矣覆以綸甍翼之扶欄經之營之不日成高矣美矣登天若譙樓更樓城漏二十五點風雨不移芝之山鐘開元杵一百八聲晨昏相應壯山川之古長樂衍歷數之後至元方今國泰民安財豊物阜漳江奏凱回邊境之旌旗閩海告登獲農工之禾黍黨庠遂序家積人阜不獨商賈歌於市官吏慶於

庭將見麟鳳遊於郊龜龍呈於水三代以上五代以
下孰若今日有其地有其民千古在前萬古在後無
出斯垣美哉輪美哉奐清歌成樹同攀脩梁
抛梁東東望天高立翠峯人倚芝山迎出日滿城
和氣五更鍾
抛梁南南望青山敞面參坐受清漳來獻捷萬家
晴晝課耕蚕
抛梁西西望前峯偃四旗捲却夕陽千嶂霧靖邊
鼓角樂清時
抛梁北北望蓮峯矗長戟台星夜照帥垣明幕中

着得風霜客
抛梁上上有横雲俯相向倚欄一曲望江南時聽
天仙答清唱
抛梁下下有人家徧閩野犬眠榕影寂無聲俗阜
民安戎事暇
伏願上梁之後邦畿山固世運河清臺綱肅而閫制
明国課登而民訟簡花縣藹絃歌之政柳營洗甲兵
之塵三光全而寒暑平五穀熟而人民育奏梅花之
一曲春滿江南歌芣棠之三章人思召伯永保承天
八柱之盛大開泰階六符之祥

帥府譙樓上梁文

伏以一氣初分鴻濛肇闢於千古兩儀旣立鼇極永奠於八方四海無虞茫茫禹迹一人有慶蕩蕩堯天顧茲三山衣冠文物之名區實迺百粵才賦舟車之都會熊蹲豹擲式瞻藩府之尊嚴鯨震鼉呿向鈇譙樓之突兀經晝每壓於方伯賛襄有藉於名僧循其形勢之宜相似陰陽之正遂鳩柱石整頓規模爰寘鼓鐘分明更點舉頭紅日近倚哉畫棟之翬飛回首白雲低屹矣重簷之疊聳拌烟縹緲瑞氣籠葱遠呑萬里之江山高翕一天之星斗處處桑麻雨露家家

絃管詩書乘月搬床知老子興復不淺梯雲作賦微斯人吾誰與歸卓卓千尋豈但包羅天上影蕤蕤五鼓管教與醒夢中人聆舉隻虹載謌六綿

抛梁東滿聲遥在百花中川原繚繞浮雲外二十八宿羅心胷

抛梁南栁蟬鸎嬌花復殷僊家未必能勝此宫闕參差落照間

抛梁西洞門高閣靄餘暉城外青山如屋裏曉蒼天籟發清機

抛梁北近日千家散花竹冊霞翠霧飄奇香新雨

山頭荔枝熟

抛梁上西山落月鎬天杖河漢三更看斗牛嗝胸

雲霧生衣上

抛梁下千條弱柳垂青瑣遠看天際下中流一泓

海水盃中瀉

伏願上梁之後天日照回燭九垓以嚮明福力綿遠

歷萬古以長存藩臬奠安山川鞏固物外乾坤廣大

端拱紫薇樓頭日月循環由行黃道承流宣化須資

輿爲之調輔国安民不負藩屛之寄下庇民生而永

遂日新日新又日新上祝聖壽以遐長萬歲萬歲萬

萬歲

祝文

拜朱文公祠祝文

丁酉歲月日後學陳普謹以寒泉秋菊之奠昭告于
太師徽国文公朱子之靈惟先生起南服不待文王
尚友顔曾潛心周孔志期善世道不偶時退而畫精
四書以俟後聖叙正周易詩書盡去西漢以来儒者
之陋纂脩三禮以開来世太平之基明正道而竆其
本原闢邪説而約其疾病蓋堯舜孔顔之道至周子
程子而始明而周程之教至先生始光大於天下先

生之道之心與百聖同先生之德與曾孟同先生之
才之志與伊尹同但辭闢小不及孟子而為孝工夫
則過之其功德之及人則皆韓昌黎所謂不在禹下
矣普深山野人與麋豕為伍年十五未知讀先生之
書二十三十知讀先生之書而不能成誦飢寒多過
暗室多欺今雖頹孝先生之孝而老矣然於先生之
道則高山仰止未嘗一日而忘于懷也家去先生之
居四百里不能一拜祠下今歲館雲莊乃能奉一盃
寒水拜遺像于考亭又負來幾日之罪然區區之心
先生幽冥之中諒知之蓋雖死終無貳於先生之道

也管見一二敝帚千金以為得生先生之時一侍函丈之席不勝大幸今雖不得聞謦欬然先生之心磅礴宇宙不與身俱死也尚享

先賢祠祝文

蔡西山　劉韶仲　勉齋　節齋　果齋　九峯　陳北山　真西山

道在宇宙更昌迭微其出如麟有地有時關洛之會千載一憩百年以來文在于茲考亭崛起豪傑奮飛而弟勉齋雲莊墳麓北山果齋聲應氣隨二蔡兄弟以友以師一時群賢再肇洛伊卓哉文忠從而張之德行問李政事文詞洋溢中国外藻海涯自有七閩

未有若斯後来之士抑何幸而精廬安靈百代肅祇
追徃詔来恭惟格思

祭文

祭先聖文雲莊書院

天縱聖智祖堯繼周道乾德坤仁春義秋大德敦化
小德川流三百三千洋洋優優立教萬世不王不侯
周孝黨庠祀事交脩以扶五教以求九疇歲祀殷仲
日法用彝敬率諸生奉蘋藻羞

祭吳先生文

萬化之序如水四時晝夜迭運不隔毫絲方息者墻

成功者退後不鞅先小不踰大帝皇之日人少怪歸
日月所照無毋哭児降及叔李失亭孩多後来先去
莫可如何如公之死世不言夭其在吳氏則可謂蚤
壽母在堂兒齒童顏叔父乖八僅見華斑方當綵衣
膝下弄雛胡乃反常先毋而徂正好山林棲遲偃仰
大夫不均王事鞅掌卑疾而歸一夕而亡堂上哭子
頭如雪霜六由坐足乃得正斃二子奔喪亦為王事
平生管郭指上日時今茲死生豈嘗與知此皆異常
不可測識夫既有之安咎造物親戚姻姬無術可施
慰勉老母笑語勿啼歲時情話今闕一人老少具在

公死如存生順沒寧事不容説薄奠一觴聊以言别

青詞

代劉平野薦母

彼蒼者天吾雖高而聽則下小人有母分有限而心無窮謹瀝蟻忱仰干鴻覆伏念某所生母賦形在地為子承家李密昌黎痛煢煢之自幼阿奴絡秀華禄禄之相依賴存千鈞一髮之宗祧罔極寸草三春之恩德死生有命奉養無從服雖止於緦麻情實同於斬衰七十有六寧毫髮之無愆萬一可希惟慈仁之憫下生無緑衣之構死有黄泉之深苟有天堂之可

弁世非人子之至願

石堂先生遺集卷之十四

石堂先生遺集卷之十五

宋寧德　陳普　尚德

賦

太極賦

予嘗侍闌干而問真宰兮曷為有此四方上下之六合洪纖會而為一兮昆侖磅礴以至於羽毛鱗甲一形一理性兮一体一儀形度數分量各有定兮是為千古萬古不易之常經不舍晝夜兮潰然乎江河百川之水無或踰其分兮冥冥之中若有所裁指百千萬億不出於一兮萬古一陰而一陽盈虛消息不能

巳兮子半之心無或忘味之足甚而足樂兮念之可
敬復可畏鋪陳治道亦巳勤兮曷為日新而不匱恍
兮惚兮若有答予者曰中天地以觀物兮而子亦可
言有心不悱不發兮吾今請廓之胷襟子之疑問亦
巳詳兮第未見其本之不難知推物以求之兮覌其
義之攸宜理之安然者莫非其當然兮有者莫知其
固有陽何可以不奇兮陰何可以不耦動則理湏圓
兮靜則義不容於不方鶴不可以為鳧之短兮鳧不
可以為鶴之長天不三百六十五度兮無以開七政
之運行七政不日兮無以發陽德而開光明二道黃

以為寒暑兮亦以持其大中二極高下出入地必三十六度兮所以為晝夜之永短寒暑之衰隆地必五岳四瀆之行必會乎東滄與南溟山高西北而水深東南兮亦皆前後之常形火南斯赤兮水北斯黑金西斯白兮木東斯青炎上潤下兮悉其勢曲直從革兮咸其情牝不容於不牡兮男何以不女肢豈得而不四兮臟何可以不五男女必夫婦夫婦必父子父子必君臣兮于以立人之紀綱固三而常實五兮五教孰能闕其一三百三千一不可無兮品節度數分毫不可以或失舉此而類推兮何者非當然纖極於

一蟻一葉兮洪極於一十有六萬里之乾元精粗有
無不相離兮器亦道而道亦器惟一當然之至極兮
夫是之謂天地之帥所以帝綸三絶兮沛然得之曰
太極不過道之至理之盡兮無聲無臭而有物有則
去来生死其性兮其物其則常在於太虚之中雖体
物而不可遺兮故常在物之上而優游從容止此而
不可增損兮是以無始而無終增之損之則胥病胥
勞兮以此萬形為一中庸兩儀奐兮千載而發於
九疑之趾既乃復起於武夷之下兮吾徒始安於戴
穫無迹之可躡兮壞乎父母之命嚴端衣冠以對越

兮鎮洋洋乎在前之瞻

天地間惟太極最大且妙三五年嘗為朋友言之
亦嘗妄意畧綴數句而又復怠棄之也省闇宏開
以此為題殊快人意足之林下以呈同志

三才賦

嘗疑一陰一陽之九六兮迭相摩盪而為易迨大易
之既成兮爻位之數乃獨用其一九為龍而六為馬
兮胡為用馬而舍龍六十四之反易兮復重其數為
三十六宮蓋嘗為之深思兮六合之中惟一二而已
矣是以卦各三畫兮其中一畫其上戴而下履定体

三而各二兮又天地之大義陰陽柔剛仁義兮遂成
卦爻之六位五上為天而初三為地兮二四在中而
為人一為体而二為易兮溷不盡之經綸一事尤要
兮實為萬世之定主以六包九六兮主靜以為動靜
之府天下萬善兮莫善於太極圖之主靜天地亦以
為主兮何獨聖人之仁義中正有為本無為兮動亦
定而靜亦定才者以其良能兮良者以其自然之定
性剛健悠久天之才兮行日月而飛風霆一日十六
萬里而過一度兮萬古三百六十五日一周星約堪
輿於其中兮剛風勁氣不足名使萬類得以生成兮

各當其性而如其情持載生育地之才兮載華嶽而振河海兀浮空而不墜兮千古萬古而長在德合乾之無疆兮分有大小而不失其大仁義禮樂人之才兮位九五而致時雍達脩六府而窮樂一簞兮禹稷顏子無不同愛親敬兄兮亦無間於孩提之童三者以其才則一兮其要惟以靜為宗惟以靜而行動靜兮斯無一處之不通故易以六滲九六兮不過以陰為陰陽之本動靜同一靜兮所以宏固而悠遠流行發用陰一聽於陽兮然終以陰為家室男女皆育於女兮此亦一事之可質何以謂之才兮注疏之儒皆

未及各二之為六芍此事尤當以為急不然堯舜何以無為迹文王何以無聲無臭而孔子何以無意無必也耶

六者非他也三才之道也聖人之言端的是如此至今未有一人為之講明

天象賦

垂萬象乎列星仰肆覽乎中極一人為首四輔為翼鈎陳分司内座齊飭華盖於是乎臨映大帝於是乎遊息尚書諮謀以納言柱史私記而奏職女史貽彤管之訓御宮揚翠娥之邑陰德周給乎其隅大理詳

謐乎其側天柱司晦朔之序六甲候陰陽之域其文爍矣其功茂哉環藩衛以列曲儼閶闔以洞開洵惟紫微垣夾輔衛更有多星先生衛曰藩衛而該之矣北斗標建車之象移節度以齊七政文昌制戴筐之位羅將相以桄三台闢天牀於王闕乃宴休之攸御肅天理於璿璣執權衡而是預洵惟天之示人顯矣於權衡而曰天理苟適意而輕重則無天理矣天槍天棓以相指內廚內階以分據雙三夾斗而爕諸兩一賓門而佐助爾乃天牢崇圄設禁暴之隄防太尊明位擬聖公之寵章太陽接相以班跡玄弋致

杓而耀芒勢微微而寫映輔翼翼而流光薦秋成於八穀務春采於扶筐天廚敞兮供百宰傳舍開兮通四方備天官之繁縟蓋人事之儀躅詢惟以上皆紫微垣之星屬七宿畫野以分區五宮建都以炳燭既已歷於中宮乃廻眸而自東覩角亢於黃道包分野於滎中開天門之璀璨立疏廟之隆崇何大角之皎皎夾攝提之轍轍是携紀於變節是正綱於大同次則梗河豫備招搖候敵氿舟亢池飛觸帝席周咼繁祉天田望耤拔三條於平道賓萬國於天門置平星以决獄列騎官而衛閣陽門守於邊險折威防於將奔頓頑司於

五聽車騎參於八屯望南門之峻闕覩庫樓之威府偃蹇列於四衡的歷分於五柱或藏兵而蓄鋭或重扃而禦侮煥蒼龍之中宿爲氐心以及房聽朝路寢布政明堂爰俾其地于宋之疆粵若大火赫奕天王鉤鈐儼於鳳闕積卒穆於龍驤天輻備於輿輦鍵閉守於関梁騎陣啓將軍之位從官主巫醫之職罰作贖刑月為陽德二咸防非而體政

洵惟東西一咸共八星

七公議賢而糾愿陣車雷擊乎其南天乳露滋乎其北

洵惟北非生物之府澤及枯槁天道之仁也是故聖人體之必先窮民

彼貫索之為狀實幽囹之取則歷龍尾以及箕跨北燕而在茲配四妃而有序均九子而延慈龜曳甲而波泳魚廻鱗而水嬉天江為太陰之主傅說奉中闈之祠糠為簸揚之物杵為舂臼之用天籥司其開閉丈人存其播種狗以吠守姦回靡縱

洵惟此以上東方角亢氐房心尾箕之星屬

却睇女牀前臨天紀曜棘庭之金印繫椒宮之玉齒中有崇垣厥名天市車肆中衢以連屬市樓臨箕而對起帝座頫而獨尊候臣𠋫而爕理宗星泒疏而遠

集宦者刑餘而近侍列肆與屠肆分行宗正與宗人間峙帛度立象以量用斗斛裁形而取擬（洵惟此以上乃天市垣之星屬）

若乃眺北宮於玄武洎南斗於牽牛賦象通犧廟之類司域蔭江淮之洲建星合曜於黃道天弁寫映於清流河鼓進軍以嘈囋兩旗夾道以飛浮（洵惟左右旗共十八星以夾河鼓）天泉委輸於南海（一云天淵）徇國分疆於北幽雞揚音而顧侶鼈躍影以来遊天田隣於九坎羅堰迫於天桴是司溝洫是創田疇遷聳睇於漢陽乃攸窺於織女

引實疏圓緑絲弄杼鞏道清塵而侯駕漸臺飛灰而
候侶可以嬉遊可以臨處覗須女之繒室奄開邦於
會稽離珠曜珍於藏府匏瓜薦果於宸闈離瑜佩瓊
而衣袪服敗瓜委蔓以分畦其外則鄭越開國燕趙隣
境韓魏接連齊秦悠永周楚列耀晉代分冋天津横
漢以離光奚仲臨津而汎影既編䋣以虹構亦栽輪
而電警列虛危於齊濟職悲哀於宗廟墳墓寫狀以
孤出哭泣含聲而相召
洵惟哭泣各二星非相連
敗臼察災以播驊天壘守夷而騈照司命與司禄連

彩司危與司非疊曜同禍福之多端總興亡之要妙人掌詔以優游儼為人之儀象鈎主衆而屈曲宛如鈎而取像車府息雷轂之音造父曳風鑾之響

洵惟造父五星人亦五星俱相似在車府之上下

杵軍給以摽正臼年豐而示仰土吏設備以司存

洵惟土公吏也先生省文

斧鉞用誅之所掌虛梁闐寂以幽閟蓋屋喧轟而宴賞天錢納責以山積天綱懇輿而野饗北落置候兵之門

洵惟正名北落師門只一星

八魁建張禽之網膽廟府於室壁諒有衛之封哉布離宮之皎皎散雲雨之霏霏霹靂交震雷電橫飛壘壁爲陣而齊影羽林分營而析輝土公司築而開務天廄飛御而起機騰蛇宛而成質水蟲總而攸歸動則飛躍於雲外止則盤縈於漢沂

詢惟以上北方斗牛女虛危室壁之星屬

覩奎壁之分野辨鄒魯之川陸豢馴獸於園囿隸封豕於溝瀆左更處東而掌虞右更居西以司牧立囷倉之儲聚樹溷屏之重複司空主土以知祥鈇鑕營芻而蓄畜軍南門列轅而出衆天將軍揚旗而示壓

惟王良之策馬知車騎以之蒲野蒙居河而路塞策裁攊而電寫閣道佇遊而擽中附路備闕而居下巡胃倉之鼎畢直趙地之郊衢鼎旄頭而肅引畢參車而迅驅卷舌列天讒之表附耳屬天高之隅天高望氣天讒備巫卷舌安其寂默附耳矜其諂諛天船汎影乎天瀨大陵分光於碧虛貯積水而窺害包積尸於疊藹砺石資乎銛刃月宿歸夫太陰天街畫於戎野天河察於山林天節宣威於邦域天陰進謀於腹心天庾積粟而標稔天廩備稷以祈歆天園曲列兮儲芳樹天苑圓開兮蓄異禽芻藁遵納秸之軌殊口曉

重譯之音九游排鋒以進退軍井依營而淺深八閎
嚴扃於畢野諸王列藩於漢濤何五車之均明而天
柱之昭煥納五兵之藏府圖七國之邦貫天潢利涉
以淪漣咸池浮津而淼漫闕岷峨之列壤睎觜參之
耀形示斬割之明罰收祲蔟而襲寧參旗懾於邊寇
王井通於水經座旗肅穆而昭禮司怪幽求而發冥
屏嫌於客廁砮於閒亦有天屎資黃效靈

洵惟以上西方奎婁
胃昴畢觜參之星屬

於是仰東井之輿鬼覽西秦之覇邑質明祠而變生
鉞淬水而刑及四瀆斷江淮之候兩河占胡越之急

水位瀉流而迅奔天罇奠盖而回集軍市通貨而圓
綴五候疑謙而衡立積水醞鸞酎之芳積薪貯牲庖
之給野雞候兵而擾市天狗吠狼而耿漣
洵惟野雞一星立軍市十三星
之中天狗七星首向狼一星
闕丘擬乎兩觀水府司乎百川狼授戈而戰野弧屬
矢而承天老人祚主而秋照丈人通臣而夜懸狖椰
星以及張識周疆之爰咨儷味頸以分嗉奉滋裳而
賜醴覲乎軒轅之宮宛若騰蛇之體交雷雨之譪譪
列后妃之濟濟酒旗緝宴以承歡內平繩愆而執禮
爟含熢而諜寇實防邊之有傒長垣崇司域之備火

◎

微尊處士之懿外廚調別膳之滋天相居大臣之位天紀錄禽而獻齒天廟嚴祠而毓粹天稷播五稼之勤東甌表三夷之類爰周翼軫厥土惟荊驅風驛之千乘奏雲門之六英長沙明而獻壽車轄朗而陳兵青丘蔭於韓貊器府總於琴笙軍門坐屯於軍闔司空掌士於司平洵惟此以上南方井鬼柳星張翼軫之星屬矚太微之峥嵘啓端門之赫奕何宮庭之宏敞類乾坤之翕闢四座謀一帝之神九卿暨三公之跡儲以太子參之幸臣從官肅侍謁者通賓郎將司戟於冊陛郎位含香於紫宸議淵謀於五位洵惟五位五諸侯位也五星

警嚴衛於常陳仍寄屏以持法洵惟屏内屏也在端門内四星控端門之内闡明堂演化靈臺候神虎賁之微猛士進賢之訪幽人洵惟此以上太微垣之星屬以上七星皆經星也

胡天漢之昭回自東震而緜絡北貫箕而照斗南經詭而躔籥合乘津之洸泒分漂杵而浮閣歷五潢而浩漾淪七星而廻薄洵惟此八句言天漢昭回之所

惟木宿之含精嘒歳星之有罷錐盈縮所察禍福攸繫然天得之者隆失之者替作明君而曜朗罰昏主以光翳下為社靈上儀人帝如天胎而毀卵具戕仁而弛惠則回鶩愆期前馳舛契奮槍棓而示懸旹垣

樓而表灾粵若熒惑火帝之精每執法以明罰必伺
災而告誡守其邦而歲戰去其野而時清若虧信而
虧禮則下乘而上征居帷疊發合與憂并浮天欃而
聳斂列蚩尤而曜旌司危見而國失昭明出而起兵
伊土位之播靈有鎮星之曜質尋所覆為休慶視所
居為貞吉廣邦徽而斯晉若軒宮而載出若崇奢而
賤義則行虧而度失或含形而舉兵或擒玄而遺疾
旬始發而侯起獄漢明而主黜彼金方之曜色有太
白之垂文乃降神於昴翳實建象於將軍如用兵之
祭匪先達之攸聞高出 利於深載順指著於豐勳

苟恩徽之不溥則禍變之斯分或飛芒而餘月或引彗而横氛六賊陳災而結禍天狗殺將而破軍咎太陰之粹靈粤星辰之攸叙乘四仲而顯晦歷一周而市復爲用罰之淵藪爲出師之令軌察凾劔之相去候征旗之所指非其出而夏寒錯其宜而將死若淫刑而縱欲則委孛而流矢白其角而延哀黒其親而應水洵惟此以上皆木火土金水之緯星也

於是乎究經緯之終始徵幽顯之機符昭晰兮爲人主之明鏡杳藹兮寔冥祇之秘樞固聲聞而響集乃形移而影趋若山石之雊處士若谷風之應騶虞者

也若夫退寒暑而弗舛中昏旦而無越畢路雲滋箕
躔吹發亦有樞降軒而繞電景瑞堯而麗月雖聆鑾
之雛尋信英靈之未歇嘉大舜之登禪曜黃星而靡
鋒壯高祖之叙歷聚五緯之相從殷馗縱耽識曹公
之潛跡李郃流目知漢使之幽蹤荊軻入秦白虹貫
日衛生設策長庚蝕昴悲夫星隕如雨而周替虹長
竟天而秦滅蛇隨楚則九域吁嗟狗過梁則千里流
血晉君終而饕妖現漢帝圍而參暈結周楚死而南
衡晉齊殃而北列自大辰以及漢彰宋焚而衛爇或
除舊以布新顯陳盛而姜絕諒吉凶之有以匪災譴

之處設實罔念以作狂在恭已而成哲是以昔帝王
之有天下也莫不宣設其官式司其告唐則羲和謹
察夏則昆吾演粤或著殷巫之美復登周史之號宋
述子韋鄭稱裨竈唐昧將尹皋宣範甘德與石申垂
語故能下守職而有恭上闡変而無傲此希微之妙
象豈矇昧之專好有必微之養實無進賢之見舉參
器府之樂肆犯貫索之刑書耻附耳之求達方卷舌
以幽居且壁扉而絶駟豈臨河以羨魚望天門而屏
跡安知公卿之所如　洵惟末段先生自寓底意

道不遠人賦

道本同得學惟反思不於人而遠也率吾性以為之即是理之常行稟生則具取諸身而皆有莫近於斯闡之天賦性命之正皆在吾身日用之常莫非至理渾然全體至善至粹凡厥有生甚親甚邇所當行者命則然而性則然夫豈遠乎人在此而道在此是道也本太極體為天地公坦易明白流行貫通視聽貌思各有天倫之極喜怒哀樂俱全未發之中並生天地均賦均得豈有湏臾不偕不同是謂理然不過云為動靜其於我也未嘗南北西東道者何也父慈子孝兄友弟恭男外女内君上臣下皆自近取初何外

假但求於我欲則至矣如在於室求之思也人者仁
也不亦善乎道即性焉又何遠者即是訓是行之洪
範並受共由凡有物有則之蒸民有操無舍大抵人
之相去雖尺寸以異地理之同得無毫釐之離人塞
吾體帥吾性何止戶庭見於面盎於背本無主賓信
知一理之費隱常與四支而屈伸恭常在手重固在
足正豈外心脩寧外身固無毫髮之睞遠但用工夫
於率循影形響聲尚有彼之與此天水地火猶分類
以殊倫自陰陽二氣賦質化生而健順五常同時付
托純四體之中默然自喻隨百感之來順時如躍暗

者顧之有如天壤胡越明者取之若在苞苴囊橐求之斯得舍之斯失離之則非由之何莫所謂不下帶而存夫豈如捕風之若所以孟軻洞見但求於性情劉子深知惟驗中於動作噫禮樂散殊充周於天地高下夫婦知行昭晰於鳶魚躍飛序別見於鴻鴈雎鳩之小仁義見於豺狼螻蟻之微彼兩間有萬皆與道以無間此三才居一豈有時而或違去道而遠曰仁則非胡乃慕彼糟糠思肥甘之在巳棄其蘭蕙蘇糞壤以充幃又當知月至而已者忘逆旅之非家曰用不知者昧自身之有寶寘行方寸邈若海山明於

一念取之懷抱此孔子於豈不爾思室是遠而之詩
而以未思言之教求道者但用心於内也已

天秩有禮賦 有序

先儒曰天專言之則道也又曰天即理也夫以形體而言謂之天以主宰而言謂之帝其實即自然之道體也秩者品位之次序也朱子曰禮之為體雖嚴而皆出於自然之理所謂天秩有禮者也禮者聖人之所制而實皆天則之當然天理之自然天道之本然聖人不過術之而已舜之無為禹之無事文王之不知不識順帝之則皆此事也有

者天理之所本有當有人心之同然非本無此理
而獨出於聖人之所作為者也
夫禮即道妙體居用先非人為而始有皆天秩之當
然莫高覆燾之形一原從出實叙節文之理萬善皆
全闡之帝則之中無在不然王道之行以斯為美燦
然截然和以為貴主是張是命之不已禮之秩也豈
獨出於聖人性所有焉一皆本於自然主宰謂帝性
情曰乾心則人心之妙體皆道體之全不已文王常
在左右何言孔子初無後先禮之制也初不在我理
之因也皆自於天天矣無私乃物類之太初大始截

然有序為人倫之三百三千茲蓋皇矣臨下辨上下
之等差高而聽卑定尊卑之位次本原已具於定則
毫髮不容於小智父子君臣皆大學之當止爵齒昭
穆本中庸之不離有者其初非強而有自然之理當
知所自高也明也渾然太極之純全品斯節文斯同
是一初之付畀大抵天理流行散作蒸民之則聖人
制作初非有意之私一事一理不造之妙造五品五
教無為之至為敬識制度品節文章之本當歌出行
出游文王之詩孝子忠臣天理素定尊君嚴父天威
莫欺本然定秩之謂秩有者生民之秉彝敬主於心

隱若運行之不已讓形於外顯然道理之相推孰不謂衣裳之制垂自黃唐王帛之儀脩於虞夏夫子敎人鄉黨朝聘周公體國禘嘗郊社豈知萬殊一本有素定之裁制百聖群賢非妄為之虛假禮焉所謂體焉人也實皆天也室家男女妙陰陽二曜之合離堂陛尊卑昭南北兩樞之高下是何漢晋隋唐不為堯舜禹湯金張許史無復孔顏思孟夫婦之别雖得文王之太姒兄弟之倫未若叔齊與伯夷豈非天序天常上聖能盡天精天粹淺心莫窺雖禮之所在皆天秩之常也然道不虛行必人存而舉之所以聖學遂

傳斷以大人之語帝朝議論斷之自我之辭又當知化成於禮非教則不成政舉於人何由而得舉禮義之民皆出於禮樂禮樂之士悉由於庠序不然則民命不立士習不善而一以三綱五典委之天事物何由而得所

惟則定國賦 有序

則者大小事物之理各有常度定法一毫不可過不及皆天命之當然人心之同得古今天下之公道百王聖賢之共守而不敢有所損益是即中庸之時中堯舜之所謂執中與大學之至善是也仲

虺之誥制心制事之禮義箕子告武王之洪範皇極皆此物也君天下者惟於事事物物各守其不可踰越之定則則一正而國定矣○自飲食起居車服宮闈品數限節以至於朝廷軍國天下政刑不以大小各有一定之本分常理所謂則也國者一天下宗廟社稷定者不獨朝廷正天下宗廟社稷亦永固而不搖矣蓋事事皆守其則則無一事之不善而人心天命皆歸之矣惟者獨也言其他皆不可以定國惟此為能定國也秦公孫枝之言（僖公九年）亦古學相傳之未泯者也

國有典立事無妄為惟其則之正也主於中而定之
但循有典之常不由他道則是安邦定國之深計益
壯鴻基盖嘗聞之道外無保邦制治之謀上聖有止
善執中之力一循天命之至正永固皇圖之翼翼謂
之則者皆常度之與常經惟此理焉有定力故能定
國事非可法德常罔愆動得義方之正靜皆體道之
全侵伐類禡隨其地以順帝上下進退不以人而用
天日用事物無所貳也天下國家定于一焉皦日之
中止水之平不参以欲盤石之安泰山之固於萬斯
年盖以威儀無忒所以矩範臣民紀綱不亂所以維

持社稷億載正統萬民壽域能靜而安無作亂以僨
事亦孔之固同受天而徧德一事各有一中定國莫
踰定則禮制有常心君有主循物無遺帝命不改人
心不揺配天罔極大抵天命人心觀為政之善惡物
則事理在用功於執持爵五土三本常大而末常小
井九家八俗自恬而風自熙但守至正大中之矩即
為久安長治之規君無過舉神喜人悦政有常行民
安物宜純乎一敬則自定蔽以一言而曰惟敬之東
西南北無思不服質諸鬼神天地不悖無疑何者古
人制禮作樂等殺貴賤尊卑立極建中斟酌淺深多

寡萬事萬物必盡美而盡善一舉一動亦有操而無
舍豈不曰天理流行守之則永受眷命我民視聽順
之則相安國野惟若惟其無過差焉宗則定之以中
正也其端苟道一皆召亂致亡誠意正心始可居尊
治卑噫道理之原必性與命治平之具惟詩及書制
度漢家自有武帝之私也法令更為師秦始皇之妄
與鞅阡陌斯郡縣是豈天人之望蒼章程通禮樂亦
皆智力之餘非帝典周官敬以守此恐堯雍舜治寡
孰邈如匪常經决未定也必一變乃能至歟虞皇夏
收安有曼胡之服周冕殷輅豈容九纛之車吾嘗謂

左氏多格言莫謂浮誇古學猶在人實當考許國之大十二往往獻文則之言不一洋洋視聽然則觀公孫枝惟則定國之語當知劉成子有則定命之言天者定則人自定矣

無逸圖賦

維叔旦相厥孤宅洛後歸政初慮君德之不勤乃無逸而作書遠引商撫近陳祖謨進艱難之藥石攻躭樂之癰疽數百字之懇切七致意於嗚呼此誠萬世之龜鑑而人主不可一日無者也越厥開元有若臣璟圖而獻之星日新炳帝曰俞哉卿我戒儆出入起

居莫不觀省然怠六馬可調而氣難御槃水可捧而志難持以前殿之焚錦卒深宮之舞衣內蠹惑之已甚外奸邪之不知遺虎患乎漁陽濺鵑血乎峩眉由山水之一易遂顛沛而至斯後人哀之而不鑑之者多矣周公豈我欺也哉

無逸圖後賦

陳時中見寄用其語意再作

彼美人兮心鐵石相厥君兮憂厥職求矩矱兮孰我同有袞衣兮作無逸君子之所無逸兮殷三宗而三王中之以告兮七鳴呼而成章艱难以箴砭兮耽樂

以膏肓拜手稽首誨言兮夙夜基命不敢康刑措不用兮實以此致吾感開元比隆兮若涉淵而求濟數百字之炳炳兮平寫以為圖圖成上獻之君兮曰此不可一日無按勤政之垂意兮非不茲鑒何山水之擾易兮心先圖而昏暗肆志聲色兮夜梨園而日華清委務奸邪兮相卜林甫罷九齡蜀道間關兮誰使洒沾襟之泣西内凄凉兮誰使遭露刃之驚逸之為害也至矣悔不篤信兮文貞嗟不復見兮文貞

清廟瑟賦

文穆穆兮其神在天廟以安之兮於穆其淵玉在新

邑兮但攝政之七年八鑾爲鏘其来會兮亦以祀焉鬱
合喤兮簫合薌羶相雝雝兮不懈盎屢士濟濟兮駿
奔走執豆籩簫未舉兮鐘磬在縣有瞽有矇升援瑟
兮踰越朱絃坐之西階之上兮使之奏清廟之篇歌
者人之一唱旃三嘆旃絲聲獨以遲兮人聲聯綿淡
乎若大羹兮酒之玄衆耳所入兮神之聽也專洋洋
其上兮見者愀然後有虞兮歲兮且千遺音此作乎
兮尚搏詠之有傳微夫子其孰知兮以之冠三頌之
顛自洛浙之一鼓兮寂寥塵編人心日以靡兮鄭衛
噪蟬中夜以思兮涕淚漣漣誰為我瑟此頌兮寫予

中之悁悁

遠行送將歸賦 有序

余寓杭友人楊孔璋告余以先歸賦採薇以見贈讀之寥寥乎不滓矣余曰九辨首句適與吾今日之事合遂聊以題吾送別之篇曰遠行送將歸以為採薇之荅

芙蓉江邊兮日淒淒暮雲無燕兮南鴈飛飛憭慄兮遠行登山臨水兮送將歸歸兮歸兮何所載兮東書淒涼以寂寥蛩泵驟紫陽易兮此何所有嗟意足而氣驕去家而泛江湖兮日月半乎歲周東探禹穴兮

登泰望而窺浟浟笑句践宇宙狹兮吊蘭亭倉卒為
荒丘西陟浙湍兮出三吳而見淮山盤龍踞虎石怒
角而撑鬚兮顫卑囷卧而摧頹奔淙脊突乎足下兮
兹流何日而安安北渡烏江兮問項籍何兒女獨夫
而争天下兮螻蟻而負萬石之鍾簴千金萬户豈能
得汝頭兮上帝之拏戮汝兩淮一目千里兮秉耜戢
戢不知為誰耕坐城中者誰兮得無耳塞而目育柰
汝轍鮒何兮遲𢦏不知幾年為汝挽西江歷歷山川
與古今兮嗟心欝結而莫舒宇宙之大誠足以助吾
浩然兮其如煢獨鰥寡之為魚悠悠當世之人兮坐

晉火而望太虛紛紛爭食之徒兮敝衣捉蟻與虱鮑
車絞紏乎虫蛆欲於此而售吾説兮若資珍髦懷篆
摘南蠻斷髮而取羸餘欲於此而容吾足兮如衣縫
褫表絺綌西之躶國而卜居身既靡所措兮匪采薇
其焉往嗟予與子同兮子獨歸而我猶海之上歸理
松竹兮收集後鶴朝誦中庸兮夜讀大學余將奔若
乎其後兮期共老乎丘壑

弟子清夜遊賦

弟子丘和中年少而曉淡而腴静而秀同而不污粹
然孝悌之性慢然學道之志也瀟然出塵之姿退然

有下人之意也父母不以為愁宗族不以為幼少者頤以為兄長者頤以為友懷春風美秋月喜豁館愛藻璽富貴歆為伊尹太公貧賤欲作陶潜康節乃省殘者殺秋風生二氣正兩儀平烟霞霏霏而徐歛明月高高而按行清氣不知其從来如混沌破而海岳呈高風莫見其從来如江虹起而海潮横於是乘發機循應迹以魯點為主以東坡為客攄依洛春遊觀赤壁假酒借穀抱道懷德陪從師友經歷親戚過小橋而道東皐訪平山而入南陌或有思而少止或立語而移刻或遠聽而澄神或靜觀而正色乃者歲朝

明堂熒惑潛慝露華百室析靜萬國澗水有聲教吾言青山不語教吾默天地廣大示吾宏萬象有體示吾則天下三樂無愧於孟軻人生百体不負於蔡澤而况荷風蘭露沐我以芳馨梧月菊霜粹我以潔白而今而後東筋骸脩禮容奉家庭而唯諾見齒德而彌恭敬五事而迓百福不負百年之身以荅塞此生之逢也先生以為如何予曰可教矣本領端正而枝葉條達矣交揖而歸閉户攤衾端趣予之鼻息隨轉午之庭陰

蓮花賦

夫天地之生物各品類以賦形惟木行之爲盛分四
序而敷榮梅枝可以知乾坤之消息蓂莢可以知月
數之虛盈蕙蘭紛其秋香竹松凌其冬青緊兹蓮之
爲卉兮托濕壤之根莖于時炎風烜燠景朱明湖
光澄練池館風生張當炎之綠蓋施傅粉之紅英紫
苞冉冉净植亭亭俯如鱗集仰若塔層出汚泥而不
染含清露而歆傾色幽幽兮不媚香遠遠兮益清嬌
楊妃之歆語非六郎之可名宜元公之獨愛是以有
君子之稱也若夫紅中之白清素可貴燦燦瓊臺搖
搖玉珮或同榦而雙頭或千葉而出類是皆承宮之

仙子為赤帝呈祥而獻瑞至於萍光轉霽細風微波
雕畫舫金叵羅或凌波而觴酌或托聲於揚珂是皆
一時之賞翫恐紅芳之蹉跎也客有執爵而繼歌曰
太華高兮嵳峩玉井深兮柰何安得長梯取霜雪之
藕兮瘥濁世煩滯之沈痾

秋興賦

金風西来噓一氣於清商瀟颯瑟颸肇六合之寒凉
烟雲飛兮縹緲穹昊高兮青蒼溪流嗚咽以竭涸林
木於邑而凋傷枯荷池館敗葉垣墻幽情芳杜愁心
垂楊燕謝跡於泥巢鴻馳聲於瀟湘豆花虫兮訴恨

腐草螢兮流光傷流年之翕忽覽時物而徬徨吟湑
風兮歌滄浪懷美人兮天一方寄游心於千里極雲
海之微茫微茫兮不可涉夕陽影兮楓葉想羨膾之
蓴鱸欠松檜之舟揖美人兮美人涕淚沾巾恨不得
學長房而縮地兮把瑤草而相親

又

維天動而地靜兮陰陽隨其運行四序因而代謝兮
萬物遂其枯榮若夫秋之為令兮誕金德之純精廻
飈忽以狂厲兮萬籟托於商聲天沉寥而晃朗兮露
零零而淒清微陽短晷凉氣廻薄遊絲縞線槁葉隕

落夜色冷而鬲扉晨光澹乎樓閣蛩虫脩其坯户鷹
鷙奪其搏攫於斯之時則屏織絺襲重裘曳瘦竹濺
高丘雲留陰兮暮色泉托語兮寒流軒堦行其糈糧
枯樹鳴其鵂鶹慨浮生之為寄悲急節之難留嗟乎
世人蒼皇覊靮追塵鞅或趋利於宦途或劬情於遠客
或折脅之范雎或頷顲之蔡澤亦有雲路翱翔風波
扞格是皆一時之蹭蹬終不免於沉黙也已矣哉白
日兮西飛明月兮盈虧百川水兮歸海華表鶴兮不
歸曷若理扁舟於五湖對白鷗而忘机

辭

漁父辭

神農作耒耜伏羲為網罟耒耜之利以教耕網罟是乃取魚具天啓生涯資生靈八政以食首為民采山釣水利其利國家租稅自此征悠悠江海老漁父孤舟沒齒居水滸翠篷黃帽寄烟波青箬綠蓑觸風雨風雨舟中歷寒暑月明夜宿荻花洲潮落暮歸芦葉渡蘆葉渡頭有酒沽賣魚買酒浮江湖醉中身似孤舟樣鞭舵不管桑大夫 江茫茫月皓皓江月照人容易老月光長照江長流中有白鷗閑似我

蠶婦辭

東隣採桑婦西隣養蠶女年年役役為蚕若桐花如雪麥如雲鳴鳩醉椹叫春雨踏踏登竹梯山烟鎖春樹不管烏甚溼紅霧妾家有夫事犁鋤妾家有子尚啼飢春蚕滿筐尚望葉兒啼索食夫巳歸前年養蚕不熟業私債未償眉暗蹙去年養蚕絲巳空打門又被官稅促今年養蚕嫁小姑催粧要作紅羅襦妾身依舊只裙布寒燈補破聊庇軀蚕兮蚕兮汝知否安得繭成大如斗妾生恨不逢成周治世春風桑五畝

青蟲辭

衢信蘇杭以青蟲為神敬事之作詩以辭其惑

古祠一區環槐榆飛髭在尾狐狪居鐵爐鈌裂死灰
冷箕坐一寸青蟾蜍平心定氣詳其來頹垣古厠濁
水渠蛇驚鼠駭得敗壁一躍乃是神王廬冊青神鬼
非其鄉顱盼款去聊躊躇悾悾鄙夫見之走争持衮
晃加鍐徂鳴鉦考鼓動井邑毳衣襤襤驅大車浮泙
狎忡叱不開遥瞻竊禮三歃歔吾聞臧氏之子不智
三梲藻居蔡祠鶢鶋無端尊禮青蝦蟇聖門譏誚豈
只且吾聞崇伯妖羽野化為黃龍游羽潴厥子代之
啓九道变作玄熊形狤猪鬼神赫赫虢威聖當為龍
虎為鯨魚作雲澍雨興萬化翻江倒海洗九區咬齧

妖狐咀封豕眼光百步雙驪珠當為不為為蝦蟇爬
沙脚手何陋歟吾聞狄公焚燒江南一千七百所只
晋夏禹泰伯季札伍子胥宋祖碭山負耒夫吴楚淫
祠為之壚輪囷太蟒夔屈死寸蟆何足汙其鈇人心
不正至斯極無藥可以醫蘧蒢只須正直如梁公一
日秉畀群疑袪鬼車豕塗蒲天下收拾打併歸太虛
蝦蟆無知聽放去荒溝野水樂有餘

歸去來辭

歸去來兮吾生復何之故園三徑在桃李不成蹊臺
榭荒凉已無憂階除寂寞人已希胡飄飄而不返將

役役以奚爲丈夫不自量處世寧堪悲省一朝之苦是悟百年之已非飯山曾是餓唐甫首陽曾是餓夷齊名重天下何足比利重天下何足奇覺利名之不昧知貧賤而勿悲歸去来兮歸去来長安縱好休俳徊足巾屏之行李拂藜杖之塵埃柱宇知我意聲声音相催故園行樂處滿地生蒼苔歸去来兮閩山之巔山奇水秀可以忘年水湫漭而潔白山排闥以争前昔年桃李依舊成阡石徑縈紆而藤蘿聳茂茅茨幽迥而松菊争妍盤餐三百品食足二頃田吟且詠樂且禪飽而嬉困而眠心坦坦腹平平正是故園行

樂處誰知此樂樂悠然東風起兮百草芊緑楊飛絮
杏花鮮蝶翅亂鳥聲喧翠歛黛紅欲燃歸去故園行
樂處幽鳥一聲啼杜鵑落花紅紫草成氊黄梅肥彈
柳三眠蟬嘒嘒蝶翩翩笋翻籜荷疊錢歸去故園行
樂處幾陣南風入舜絃西風至兮鴻鴈來萬物蕭條
景物倩蛩聲切猿嘯哀梧桐敗菊花開歸去故園行
樂處清風明月好安排霜風凜凜雪花飛村落無人
猿夜啼泉酒冽溪魚肥燃獸炭擁蹲鴟歸去故園行
樂處竹外梅花三兩枝紅日三竿漁父去雲迷四野
牧童歸朝暮之情可已矣四時之景已如斯已矣乎

曷之予知歸去兮松菊候門而南山聳娟花鳥欣迎而比嶺喧呼悔知非之既晚樂成賦以歸歟

歌

歷代傳授歌

伏羲神農黄帝氏名曰三皇居上世少昊顓頊及高辛唐虞堯舜為五帝夏商周兮曰三代三王禹湯文武是堯舜傳官禹傳家天與人與非私畀夏禹一傳啓以賢少康興夏滅徯徻名二臣十有七世至桀王成湯放桀夏緒墜殷湯應天而順人與王地方七十里太甲太戊及武丁三宗有商為專美祖乙盤庚亦賢

君三十傳紂覆商祀周興積累由后稷公劉太王及王季文王大勲武王集伐紂牧野作牧誓成王嗣位在幼冲周公輔政天下治成康措刑四十年幾移周鼎幽與厲夷王下堂王室卑平王東遷春秋始至于威烈春秋終二百四十二年爾魯衛晉鄭蔡燕曹姬氏同姓皆兄弟異姓齊楚秦宋陳春秋列國侯十二其間五覇相継興齊桓小白晉重耳宋襄秦穆及楚莊名曰尊王假仁義戰國七雄莫如秦韓趙魏燕齊楚起秦滅六國吞二周周祚至於赧王止天王三十有七傳八百餘年屬周紀秦帝始皇太暴簒位傳三

世而已矣漢室龍興滅秦項高祖劉邦赤帝子末年
國本幾動搖四皓一出廻孝惠呂后臨朝諸呂反賴
有平勃植赤幟文景之世比成康武帝好大功伐喜
霍光擁昭而立宣江充誣譖太子矣厥後外戚多擅
權平帝新室莽篡位光武誅莽復中興漢為東漢炎
運熾明章二帝世所稱至于靈獻漢祚替前漢高文
武宣朝後漢光明章七制兩漢相傳二十四禅魏曹
丕竊神器分為三國魏蜀吴鷸蚌相持真鼎峙魏則
曹丕吴孫權蜀則先主稱劉備魏曹承漢纔四傳天
下權歸司馬氏晉室肇興司馬炎三王追謚昭懿

两三傳間至懷愍群胡雲擾如鼎沸五凉前後南北
西前凉張軌後凉吕光南凉秃髮北凉沮渠西凉李暠四燕前後南北異前燕
慕容廆南燕慕容德燕慕容垂北燕馮跋後秦前後西前秦苻健西秦國仁後秦苻萇
前後前趙劉淵後趙石勒後蜀大夏相吞噬桓温滅李勢據蜀後蜀李雄大夏赫
連東晉元帝都建康天下南北分形勢南則晉宋齊
梁陳北則元魏東西魏北齊後周猶一隅隋文混一
朔南暨平陳禪周隋楊堅夫何三世隋嗣襲李唐繼
之纂洪圖高祖太宗成功易武后易唐而為周仁傑
一言囘睿意元宗末載溺楊妃祿山叛逆為子弑肅
宗東征復兩京憲宗見弑陳洪志宦官文宗有才謙克

明宗德宗猜忌任盧杞太宗元宗及憲宗號稱三宗
商可擬末後難制藩鎮強宦官奉立皆私議唐後迭
與有五代梁唐晉漢周相繼五代五十三年間後有
十國皆僭偽斉楚吳燕漢晉唐周蜀吳越如蜂蝟宋
受周禪握乾符掃除僭偽皆風靡太祖姓趙都汴京
雪夜常幸趙普第太宗真仁英神哲歷代承平善繼
嗣至于徽欽金虜來誤國奸臣京蔡京與檜秦檜高宗南
渡宋復興建都錢塘歌舞地孝及光寧守偏方佹胄
既誅由諸史彌遠在位歷年四十餘前有仁宗四十二年後
有理理宗四十一年至于度宗宋祚微皆由平章似道棄建

◎

隆德祐十六傳大元一統興燕薊

和李太白把酒問明月歌

人生能幾月圓時歌之舞之復蹈之月為一人我成三更遣青州從事相追隨四人好在都無闕相勸相酬到明發（詩云明發不寐）此夜山河有主張鑽碎繁星俱滅没采石已來五百春當時青天為宇四無隣上下通透皆氷玉豈徒眉宇真天人力士嗔人譬如刀割大江水世間閑是閑非皆如此君不見李白携月到夜郎一洗瘴天盡入氷壺裏

姚氏生男歌

開乾樞轉地軸喜氣欝慈克閭閻一點文星降天關女郎捧得掌中珠破曉兒童忙報道以璋作聲大筆書纔過五日便呱泣古稱英物竟不虛山靈鍾秀産英傑氷肌玉骨色清癯孔釋果然親抱送天上麒麟汗血駒于公積德加厚地衮衮公侯儘有餘從今生一必生二續作杜陵歌二雛五桂爭秀椿未老蘭孫競茁新根株剗彼開元衣鉢在有例有樣非敢謏當年秀發名登於桂籍作個公卿豈肯卑微數

勸學歌

太極肇判兩儀生其中人爲萬物靈人亦天地一物

耳獨以道義超衆形立為三才中宇宙發揮天理經
人倫兹事初非外鑠我毫髮皆備七尺身後生可畏
如日出千金之軀豈可輕寸陰可惜莫虛擲百年安
得長青春有力如虎當猛省何況責望深父兄不適
六籍不是學未了三才未是人希聖必須至堯舜希
賢必用為顔曾義理彝倫精講究禮樂制度須詳明
躰用源流務透徹血脉文理仍流行會通两盡始無
礙範圍未始離曲成無塵胷次貯萬卷撥山筆力扛
千鈞不用高桄卧立鑾用之家齊國治天下平不但
匹夫匹婦皆獲所草木魚鱉咸清寕此皆後進本分

事不為于利與求名更須掃除諠浪傲惰態打并嗜欲聲色情一物一則同一敬牢守孔孟張朱程契際工夫决有効令聞廣譽垂于齡英雄氣槩為則是一変至道非難能君不見四十五十無聞不足觀總是惰而不學昏昏貿貿枉生天地間

送江西曾雪笠歌 其人以櫂齋詩見恵

幾人誇詠雪不如梛一絶幾家說漁父不如梛兩句天陰歲晚寒〻江空玉花四合為鴻濛一片清虛畫不得孤舟一笠何精工凌空厲闊不覺寒兀坐不動身與竿磯頭把竿凍猶立老妻在中作衣安此時意壯

何分明大無垠涯小無形的如曾子見一貫又似業
公初點睛十年抛却吳松江閩山六月念簾槊門門
再拜冰玉樹界我一幅全瀟湘

不飲酒歌少作

人皆愛酒如金珠我獨畏酒如毒荼人皆愛飲醉不
醒我獨不飲常惺惺如我若飲兮人不同一飲三百斛
再飲三千鍾我若醉兮人莫比上以天為冠下以地
為履有時醉登樓倚闌一笑江山愁有時醉吟詩煙
雲瀰壁龍蛇飛有時醉起舞莫耶出匣金蓮吐我欲
氣兮斗可撞我欲力兮鼎可扛我欲志兮吞雲夢之

八九我欲歷兮聊天地之四方天地生我性不飲我
若飲時安得有酒如長江

吟

醉吟 次拙軒和誠齋之作

天在地在我亦在天攺地攺吾始攺前身曾作孔子
孟子為人懵也曾為禹為稷為人愛來來去去非貪
癡自去自來自不知今生暫來作個咬嚙菜根漢焉
知再來不遇文王出弾時四溟為疊杓北斗舉世攢
眉我開口眼前不見白衣人風月自當青田酒萬事
不須非無功順應為屏虛為宗幾度貧賤幾度英雄

十四

幾度少年幾度翁天　娱紫鳳任顛倒披襟引滿對秋
風

[illegible]覃先生遺集卷之十五

石堂先生遺集卷之十六

宋寧德　陳普　尚德

古詩五言

擬古八首

秋聲金氣流天空露瀼瀼素波合流月湛滢滿庭霜遥夜一美人寒閨自彷徨暗塵集淩波輕飈感鳴璫天性賦貞肯動止中矩方世無夔夔子窈窕空英皇抱璞如臨淵日入不下堂時撫弄玉簫空中來鳳凰歲月如流星髮变面欲黃服玉固璺膺絕意百兩將

淘儕先生不幸際胡元之世上無堯舜之君抱道自娛絕意仕進故賦貞女之守身以自况也

二

瑶池出甘泉玉臺蔭梧桐鳳巢梧桐上下浴甘泉中

美人室其左荷衣裳芙蓉素手把青枝嘻嘻笑春風

性情如赤子聲氣似黄鐘明珠媚深淵魚鱉游冲融

世事多參商憂樂苦不同榮枯與醜好相待如駏蛩

深懷惕霜露夙心常省躬

三

秋夜永如年四壁號寒蛩明月照樹葉白露啼青桐

寒窓紫玉琴時変羽凌宫三弾不成調百憂鬱攻中

四

人生不滿百常懷千歲憂往事雲雨散積意如山丘
聖人巳為土土復成海流曷為憂縣中常見孔與周

五

先我二百年世道猶小康鳴鑾下紫霄群仙集栢梁
僊僊青霞衣濟濟白霓裳兢兢奉玄道拳拳薦天漿
雞犬亦可仙豈徒壽天王茂陵無仙骨上帝下巫陽
群仙返玉京萬事爭蒼黄

六

共工昔暴怒觸折不周山此樞太室上飄落三江間
樞紐一飛播滿空悉顛翻北斗墮其柄文昌失厥官

彗星化為跖搏人以為餐天狗行地上頭戴方山冠
武夷有巨人方持鈎魚竿中宵披袂起容貌何桓桓
欲扶紫薇垣坐使天下安復逢驩兜来被髮據其關
拂衣逐空翠弾琴弄潺湲烟霞別一天回首謝髦蠻

七

東方有樂國開闢先栢皇鸞鳳為雞鶩麒麟為犬羊
晨霞作朝食太和為酒漿土無干戈禍人各千年長
下視禹九州有土皆戰場白日虎狼行青天蛟龍翔
我欲為東遊滄海渺無梁何年夸娥氏移置天中央

八

同根一味草時命嗟異遇風月芳香合兩地隔周楚
爾生麟趾家朝夕沐王馨我在雲夢林百草相蒙茹
白璧終不緇惸惸亦良苦

次答熊去非七夕遇雨見候 五首

志士千載心爛爛如斜河道路坦且脩況復陰雨多
女騃不可說牛癡無奈何

連珠復合璧嘆息復何年顛連多疾苦道術極乖偏
嫠婦不卹緯杞國常憂天

五鬼不害道含沙非殺身大和一巨毒西方無人倫
三聖不復作誰亨萬世屯

太玄鑛故在原道塗猶迷一朝無渣滓仙泒起瀌溪
未能及緊寡不虛五緯奎
空言未深切聊可燭朦朧好辯若無益庬以雷群聾
群仙去已久吾儕當嗣功

附去非詩五首

今宵無月燭鬃飄瀉銀河誰言滂沱淚恨此離別多
爾會亦云數吾感亦如何
箕亳與岐山一際五百年洙泗豈無集未遇時運偏
世降道愈悠悠擊壤呼堯天
東都亦論道忽夢金光身太和豈無治墾髮終殊倫

夜半一炷香命世胡邋遢

混元再開闢喚覺千載迷龍門空寶匣明月照玉溪

五緯集未久又報填猿奎

高高不可問神光終朦朧雲錦不成[illegible]謾爾歎盲聾

柱維久傾折會有補煉功

旦氣詩 咸淳甲戌杭州作

晝氣如大霧蒙我大明鏡主人莫知卿奴隸竊權柄

不能巍巍莅惟聽紛紛命是非旣昧瞀操執豈中正

不惟栽截偏亢苦怠惰病一柱一柔弱四維俱不競

循茲不回首安得逃禽行為人自暴棄造化德獨盛

納日息萬物停止吾視聽寬歸魄不安靈根復凝定潛龍蟠深淵不滅飛騰性五更號群雞陡然得大慶熹微一隙開洞達八荒聖天地頓軒豁百慶亦飽飫昨非咸昭晰今是足審訂乃知天於人父母未足並晦以養其明止以茁其瑩此而不接續誠祀不恭令工夫知如何焚香且虔敬

朱文公

嘗思紫陽翁功德不下禹平生五人倫敘世一天柱海嶽久停毓二儀孕付與高明挂秋月精細破毫縷纂自無荀楊渾身是伊吕百年嗣程邵千載承鄒魯

直上接勛華蓋遠蓋不禦本原無不見支派自循序
遂令天敘秩有目得再覩建紹乾淳間三綱散無主
仇讎操太阿利欲浸九土鞠躬上文石諄諄正心語
欲起君以雷滂沱洗寰宇聖心不見答浩浩翠烟去
當時聽其言何但報千古廟清草莱闢櫛沐瘡痍愈
奕奕萬世規百年遽如許天意竟莫回地氣不可遲
但留四部書萬世關堯禹深翠隅荒臺寥落招魂具
夜半讀中庸横空挾風雨

程朱之學 四首

高明若韓蘇方正如君實太山當面前瞠目不能識

誰能不由户可惟亦可惜得若在家庭迷殆胡越膈
向徽程朱子出手為開關我輩白日中夜行至今日

二

化工溥萬物不過亦不遺何以能不勞一理以貫之
寂然莫可跡桴至皷必隨一朝十二牛芒刃不必隳
制度自恰好形様咸無疑夭桃且灼灼菉竹各猗猗
有鱗盡淵躍無翼不天飛人心正爾妙動靜悉如斯
樞紐在方寸運化斯為基眼前日萬變堯舜一無為
此理無上下大小隨所知因物為順應歘然鳴塤箎
何故天下人利器不自持妄端忽一起紛潰終難支

天開真儒出幽探萬化機蒼蒼群生類何事途徑迷

千載之下程朱之學可謂天地重開日月重明今行四方聰明皎厲之士往往而不然之及諸其自為說則皆跛躄不正不惟外心義理於文理亦皆背馳是使後生無所禀承列城闔郡無一人有四書之聲北惟太行許魯齋能以教其徒南惟浙東韓維則能熟讀詳味深體而力行之足為天下一大快也

三

楊氏枯不生墨者散無紀申韓明不仁黃老信非礼

豈難定邪正未足容臧否世有顏孟徒一鼓俘其壘
獨惟一妖鳥來自崑崙趾其高出天地其毒踰蛇豕
名公不能辨韓愈亦竊喜高士溺其深愚夫樂其鄙
精散不知收魂飄不能止五典潛掃除三綱悉淪委
遂令四海人沒溺懷襄水絕非是似聖大病在近理
仁哉天地心特出程朱子

四

大中豈難明不偏立可得偏似扶醉人中如正柱石
亭亭即道体截截皆天則一毫不可裒一髮不可益
舜君與堯民萬世作程式顏仁及曾孝亦足立人極

倘或增減之病痛自千百立如偏重船可坐見浚溺
形象亦易知體段非不的奈何秦漢來如瞽於五色

雲莊勸學

百川皆望東三才同面離半圭崇幼德六矢志男兒
孟子道非高周公言非欺要須辨方位乃識窮陬維
自從學校廢俗敝栢梁詩英才陸沉盡卓犖非無資
下車衆皆悅苟且遂成癡混須聾一槩沈痼星千朞
天生紫陽子纓冠而救之萬類始根理六經初有師
立心辨邪正成德在勤嬉曾參作門戶夫子爲根涯
有位民物康在家兄弟宜敬義貫心銘德業暢根枝

行遠必自邇登高必自卑不從洒掃起何以為類推
群居不及義游宴日相追失學莫此甚一成而百隳
時文築衰末不直埋馬帷六經不勤讀學荒身亦危
二劉與三蔡相牖如塤篪師門賴有嗣流澤今未衰
子孫欲不墜祖訓勤奉持不失伯牙心不患無子期

勸考亭收文書公謚兼聚書

孟氏繼孔徂鳳鳥竟寂寞千年性命傳造化欲廢閣
生人無所之死者不可作人心萬山嶠治統千丈落
天生周與程得手始撐拓百年復考亭體用遂磅礴
精密洗麤疎深厚驅淺薄窽郤靡不周混沌元無鑿

諳家不藏書心目迷慱約身為行秘書所適常迷錯
考亭三十匣獨為百川錖萬善始有條列聖元非昨
千泒得一原靈龜不勞灼卷帙浩無邉要處自如躍
歲月荒苔生風雨惟冊䉶翁死六十年輙起人哀樂
同心在咫尺閲此無聲鐸為推去後心如受生前托
倬彼得不磨壞乎賴爰度人心巳開闢萬象森冲漠
重構理斯文同盟敢無諾

感興

千載荷神物四書與五經勛華生萬民孔孟真儀形
本原盡湞漠日用垂日星疾契虎豹变力行鳳凰庭

感通窮有氣潤澤周流形擬議輙破的窂制動發硎
達即兩天下窮足春林坰自從孟子没斯義久晦寘
歆雄暨馬鄭熠熠暗飛螢韓柳至歐蘇亦如醉不醒
白晝瞠兩目不見太山青薫蘭亘九畹鼻塞不聞馨
浩浩大城府無人為抽扃宗廟失雄麗樓閣迷岩亭
渊渊楚七澤湫湫東滄溟不識海若面雄論誇揚舲
名為指南車認癸作丙丁名夸能作室圮夾如堂廳
異端塞宇宙不能別渭涇夜光耿砂礫掉臂不晋停
文章王介甫種棘蔴朝廷匹夫持僞辯六合為血腥
讀書不精義落落空擬精

洵惟先生寞聖人之渾之遠
而漢唐宋諸儒昧之也

文公書廚八首

於穆元聖

驪龍抱明珠高卧萬丈下豈無善水人誰是得珠者
至人有神手上智無淺心直湏入無倫始克開重陰

繼天測靈

天生真聰明欲子述父作法象雖昭陳參贊良有托
述事在繼志知化先窮神不得天地心作用皆非真

出此謨訓

仁心憂萬世出語豈能無擬之而後言一字一明珠

萬化必有成大中在方策淵泉端有自聰明達天德

惠我光明

釋氏矜傳燈老莊抱生白自言摩尼珠誰知黑如漆
荀楊不識性依舊如夜行萬世真日月四書與五經

求言寶之

世人多可笑蟣丸富收拾復有一般人燕居加什襲
六經與王府惠我一何多區區緣實見沒世抱荆和

匪金滿籯

人皆愛子孫貽遺無不至苟無深遠心率以害為利
嘗賢未知道不貴金滿籯金欲求金張業但傳周孔心

含英咀華

聖心天地蘊言語其精華本末惟一貫根香非兩家

薄言采擷之入口如含咀始知真滋味熊掌不足語

百家其承

仁以生為道豈不在子孫賢愚固難必厥初同一原

無根不能生有作斯可述罔極垂統心非禽豈無識

冬華一夜霜

天地生萬物節度各有常毫髮不可亂奉時以行藏

不惟寡悔吝尤可免折傷倘不如所受一一皆自戕

今年初冬月造物如不詳陰陽忽倒植連朝狀春光

無知桃李華定序忽迷忘點綴老枝上紛紛發出往
一桂為倡首彈冠起群芳杏思作霞爍梨亦擬雪香
西蜀亦不遠得無欺海棠洛陽近咫尺能不動花王
凍蜂與寒蝶入秋皆死僵向令當此日鼓舞又一場
安知理自在此事無久長一夕天地正嚴風動昏黃
吹起四澤水結為萬瓦霜凌晨為着目憔悴不可當
萎形與死狀貽笑於大方古來此事多青史長相望
惟有知道者進退不枉揚有莘必三聘幡然始就湯
草廬亦三顧然後起南陽萬牛挽不至粒餌豈足嘗
賈生一召至未暮在帝旁不知怒絳灌一落千文強

孝文且如此何況景武皇申轅見漢武席不煖客床
昭昭萬古監趙綰與王臧當時蒲輪至老稚皆騰驤
焉知青雲路轉眼成灾殃大抵天下事進退貴審量
欲速則不達驟進祗取亡善人勿急合善事有當防
輕浮非君子躁急最不祥騎虎作麒麟駕鶚為鳳凰
九疑峯對面盤谷且徜徉

洵惟先生賦此為驟進欲速者之警

懸壺

懸壺大如斗紫芋高五尺物能充其量滿徹無不極
人稟天地正性分亦有則充之足為堯不充乃為跖

水車

水車詩前輩似未有或淺學未之見也昨日景文見示一詩頗工疲倦已久不堪賡和勉强一篇不惟諸公哂之亦當為水車所笑也

人為萬物靈無處不可見天地生物心得人始周徧有心鄭國渠關中為富衍三十六陂流江南穀為賤況如禹溝洫流注周丘甸是皆人所能區畫固為善有力皆必為有知悉能辨亦可長經綸未足窮聖彥有如一隅地同出天地莫未嘗阻耒耜亦堪致芬薦陂塘不能及桔槔亦非便鑿井設轆轤秪益增疲倦

荷人靜中眼潛窺出靈变種種田器中衆美獨車擅
鳩集群撲撖揹以天絲線縱交合散雜骨節不㥄僭
相續同相生如紐亦如辮三十幅一轂體用無迷眩
軋軋遠有聲在田恍能戟吸吐皆自然先後迭相禪
形如先天圖運若坤靈扇東西隅參辰出沒遞隱見
升騰為銀河不足惟小欠長流盡碧澗腑臟悉充羨
金龍吐瓔液急速如過電合奏作波濤飄洒餘雨霰
遠覩驟傾瀉近看避滔濺陂渠雖隅絕流水足怜羨
雲雨儘虛無千畝自葱蒨豈徒美粳稻且復肥鰌鱔
火輪亭午時田頭挾飛練老農茅屋中華胥夢方宴

逸逾他石倍勞止歲一繕明代造化勞幽無鬼神譴
上帝安高居赤子愈增眷禹夷被人使獨得無靦面
人心一一妙智巧彌寓縣秦蜀想皆然不但吾福建
此物亦易知何堪太誇衒閑居百無為聊用娛筆硯

筍

書窓媚幽獨萬竹真我儀氷霜茂摧挫生意自有時
斐亹弄月陰挺拔出風姿鳯吟逐神爵春笋效珍奇
山林足膏兩土脉潤以肥震雷振蟄虺千根同發機
迸芽帶珠露裂地拆伏龜開㥛見羅列繭栗出扶藜
艱難或避石奮逸或攢籬森森蠆鹿角重重虎豹皮

地力既莫禦天工亦不遲志氣凌青雲風節比伯夷
詎容薦清酒但可供清詩呼童竊取小不敢言饞飢
含殻全其真活火湯瀹之知心三兩人一樽留晚曦
錦褓去什襲玉版參吾師似爲傷惻隱直是慰肝脾
幾爲造化盜何必隣童窺作橋周曲意煮簀又何癡
惟應厚墻壁高插数丈籬護成碧琅玕長似水玉兒
吾聞北人說洛下價不低千金買一束掉頭更還疑
南方信多此吾黨若不知入山三尺童俄頃滿擔歸
作羮厚於菜入市賤如泥敢爲此暴殄只爲不思惟
昔在燧人前真風猶未漓人間珠抵鵲天下鳳爲雞

南方即此寶南人獨爾迷朝吟淵明菊夜誦首陽薇
悠悠今古人無復知德希

又

造化運可見渾天何用儀日月轉兩轂陰陽分四時
化育出万形加之成氣姿倚節看生意莫測其神奇
和風隨土至膏雨着物肥千紅咸競晨萬玉亦乘机
深深起蟄龍一一破伏龜險不畏巇巇難不避石藜
啓荊披尾磔撑屋觸藩籬頭頭出兒角身身水犀皮
大方欺小弱尖先後止遲不知水先頮遊客戴鳴鳶
六經無此物昉見韓奕詩韓侯富貴人何況貪儒飢

詠形蕪咀味東坡韓退之長鑱君莫訝容我踏朝曦
内戒擣虀婦外徵老圃師留先鳳凰止勿積蜜蜂脾
味既不可極斑亦勿再窺待爾林下友一洗胷中痴
清風翠陰動羽扇日披離此時林下客何以并其兒
作未争長日滕高陵薛低一旦並夷齊兄弟無相疑
庭前聳矛戟栖鴉猶不知斜陽遶三匝疑事不能歸
豈徒固吾圉且不染塵泥此兒真世寶何必他謀惟
古来貴高上盛德惡澆漓寧令烹不鳴勿殺全德鷄
莫言一林竹此路終不迷何必趁青瑣亦勝對紫薇
携琴對此君三嘆鍾期希

和友人韻

兒童恨芳草不識春長在簞瓢樂不斷焉知顏髮改
黃鶴雅入聽鴟鴞亦可罪混沌何曾死拱璧莫輕碎
野馬恣流行遊絲無罣礙太極物物一樂事頻年拜
緬懷良友心不言默相對頤為蛩駏交共話𨄔䟄戴

夫差伍員

載籍幾千年相踵興亡跡何国非自取一一有來歷
亡必以失道興必以有德有德無不興不在防寇賊
大綱一端正上下合于一左右無共緜小大皆益稷
執此治天下天下無與敵無道必自亡不可容智力

中心一不正禍亂起不測討慮非不周防閑非不密
龍蛻起平陸刀劍出衽席昔常恨吳王不納伍員策
父讐不共天吳越不兩立敗之于夫椒足報檇李役
殺心如未謝滅越如呼吸五千棲會稽甲楯尚流血
一舉而盡之後患永絕息柰何倉卒中鬼神奪其魄
不信忠臣言坐使良機失駢息二十年越兵破吳国
遂令泰伯祚一日不血食至今塵編中見者皆嘆息
抑嘗思其故此事未足慼吳亡自有端滅越故無益
夫差誠已誤伍員未為得萬事理為準萬理心為宅
好惡一毫偏成敗千里隔本正不憂末主強不愁客

病四百有四最患膏肓疾外邪何足憂内寇逾鎮蠻
家不在藩籬国不在城壁恐不在仇讐憂不在夷狄
最毒是小人必亡惟女色百禍生驕矜衆怨叢苛刻
滅用無仁恩死由肆脅臆予蘭為腹心必滅芊社稷
趙高侍帷幄秦亡已無日鴻門殺沛公終洒帳下血
晋禍在賈充了不関劉石平盧討擊使尚不逃三尺
華清羽衣曲豈得無敵績勾踐誠可除宰嚭猶在側
西施舞落日呉宫已荆棘子胥討誠忠無乃迷緩急
夫差奕已奪勾踐自千百殺一留其餘亂門豈可塞
寄語伍子胥善悪當詳擇亂亡所當念心非最難格

洵惟此先生誠拔本塞源之論

荊公東坡

王蘇並世時價重連城寶讀盡天下書不聞性天道祇緣操術謬濟以言辭藻輕巧者便之承風遂瀾倒本意尊鞅斯施行愧黃老妄謂世無雙奮臂肆揮掃雅言類摘孟給禦堅羿奡及其漏綻時乃以穿窬盜荊棘日夜生芝蘭遂枯槁禮樂禹豫州至今鞠烟草重華不可呼四罪無復討薄夫迷遠謀惟貪詩句好

洵惟周子曰不知務道德專以文詞為能者藝而已夫豈先生所尚哉

壽能津余此溪

昔在辛酉年余裁十有八翁時多十歲無地貯英發
世運欲轉移正氣久欝閼科場弊已極無復分椒撥
千里足難羇須作奔泉竭閉目駭奔騰掩耳羞嘈囋
歸來分躬耕復不禁芽枿剷緤走杭越觸藩不能脫
紛紛夢中人妄與談空闊翁兮獨冢居自得真機栝
一日山河新妙契靜中斡尚堪作子長亦久抱惻怛
遂生肥遯心確乎不可拔人間鬧蜂蝶過目惟蹙頞
惟有燕歸来捲簾無阻遏室鳴孺悲瑟門断陳遵轄
惟我拜床下見侍隊中舊軀為天地惜日用詩書鉻
但見居深深誰知活潑潑松栢晚叢立薑桂老逾辣

新年餓八十道氣方蘭茁平生善養氣不作宋人揠
年来滋長茂畧不驚齒髮人生各有志萬物不能奪
善身背生色濟世腓無胈一與時偕行造物自見察
人壽百二十尭夫豈虛唱分数天所裁與行自能達
老彭秖謾言但論道本末更閱五十番飛跭與斯蛰

古田女

吾州近郭五六縣土風悉如老杜所賦夔州女而
郭為尤甚幸為閩人每慚無以答四海兄弟之詰
問一日來古田見傍縣一二十里内扵揷秧時亦
如之以為三時惟此時最忙不可不為夫子之助

也其說則甚善而其事則未可愚以為不如其已也皆吾人也作詩以道之幸其一聽作華夏人豈不足以美吾東南一隅哉

昔年過饒州一事獨希差清川浴婦人以晝不以夜上流濯垢贓下流汲歸舍供佛與事尊共用如啗蔗朝昏賣魚蝦晴雨親耕稼樵蘇與負戴咸與夫並駕流汚浴豈非失禮事可訝我時適逆旅一見為汗下欲言不可得况敢加譏罵靜惟天下事無邊可悲咤一從文王沒聲教不踰華巴蜀與閩粵至今愧華夏男不耕稼穡女不專桑柘內外悉如男遇合多自嫁

雲山恣歌謠湯池任騰藉插花作牙儈城市稱雄覇
櫪頭半列肆笑語皆機詐新奇弄濃粧會合持物價
愚夫與庸奴低頭受淩跨吾閩自如此他方我何暇
福州縣十三余幸窮崖下十里近郭縣此俗獨未化
一日來古田拔秧適初夏青帬半絞扎水泥和擬迋
事爭亦不惡位分無假借三王二帝年人倫密無鐔
冀方古當塗豊水今滙灞見惡如豺狼嗜禮如膾炙
囿無期桑中亦無舞臺榭一國皆若狂一年惟有蜡
盛年事耕織斑白可休假習見宜如常驟異良以乍
勸君但勤饁茲事宜求謝儻能用吾言雞豚願同社

又

李良玉見賡有此風久矣是乃方伯連率之職吾輩且當從俗之說再用前韻

北人見颶風樕簌嗟真差君子逢不若白晝成黑夜日月同一天寧復殊次舍禮義無華夷悅心悉如蔗披沙欲出金惡莠為害稼朝歌與聖毋賢者同回駕中為去偏倚庸但無怪訝安敢亢亢方却無怭怭下禮不慮咈違義不卹怒罵恭惟秦漢前禮樂止河華七閩底處所月不覩韶夏食才美馬甲衣僅知壓柘應無鴈幣聘寧識棗脩嫁歷漢晉至唐談口無可藉

令孜與思昜畏作貂璫覇弟從常衮来始識不逆詐
珠玉滿面前徜或迷光價一二百年来犨騮漸知跨
述古與介夫各有詩書暇晦翁黄勉齋遂以教天下
昔時蠻隸國今作齊魯化沂風謌莫春弦誦殷長夏
蹡蹡多覩行穆穆親衛迓方知地無偏又喜才不借
獨餘男女俗鈌漏留微鏬未能秣駒漢煩礙雪驢灞
有心即知禮有口皆思炙男女既冠笄屋宇仍臺榭
朝夕曉清温春秋能社蜡溱洧秉簡遊此日何可假
禮自標枝來心無傾蓋乍風流與衣冠猶當軼王謝
田漁非女事詩以告里社

純父家池雙頭蓮

天地化育工兩致一為要對待管流行並起非横矯亭亭南北樞赫赫東西曜仁義與誠明彼此相契約英皇即堯舜手姿巧相肖孤竹秀雙仁洛水濯二妙人生相遭處亦有相感召莘摯自犂鋤尚父由漁釣共卧起烟波魚水興逢藿是為聖人偶心膽何相照顔淵得仲尼仲尼有荷篠考亭合朱蔡天津會程邵是為德不孤氣味何同調世間閑草木不足充野燒惟蓮出清水植立獨奇峭不染淤泥緇不逐波流漂體骨中庸中肌肉離騷嚼玩花渴頓蘇食實飢足樂

静中對君子不語潛教詔一朝出蓮枝此事非人料
將與必有祥事若太阿鞘兹化豈徒爾可以覘其徵
上侍鶴髮慈藹高惪彌卲下聆庭堦即一一凌風鶚
平生所樹藝不但供櫄燎濯纓作君子口不道羿澆
此去事偶心如風歷衆簸家居作曾閔富貴當廊廟
商湯不待干重華不勞叫决無李廣奇起足即嫖姚
伶俜老書生家在千里嶠有心多不符蠹簡徒竊剽
年来始逢君恨不年弃少論心滕漸親講理頭不掉
相逢路不異握手窮深窔相磨道義出不覺辭螢爝
人生何如此無際可窺眺共靡中孚爵自發同人笑

此卉信如人對酒為之釂酌酒禮此荷敢醴不敢醮

洵惟此先生陰陽契合之机君臣魚水之情師友聚樂之愛俱得之矣

王山東嶽

岱宗天如何齊魯青已了云胡遍天下爨婢得祭祷五岳視三公稱帝何所考益以天齊名僭竊良不小置司七十二妄誕出意表究哉張睢陽夜夜蝙蝠繞瀆神旣已多逆理尤不少泰山即林放末借空擾擾生辰用莫春兹事可絶倒

以詩就業洞春求畫蒲萄

洞春豪傑士妙筆出怪奇寫就大宛根可怪不可㨿

此手豈易得此手難再攜敢將有聲畫博君無聲詩

望雲

幾愛山中雲杳靄起無跡晴風吹綠樹天節日巳尺悠揚幾片飛出岫度絕壁歛作蒼狗形舒為鯤鵬翼朝抹峨嵋青暮蘸滄海碧江南與江北蕩蕩遂所適何如雲中仙避囂隱幽寂採藥雲下林礪劍雲上石乘雲騎茅龍倚雲吹鐵笛我欲往從之飄然不可測

洵惟衆人皆雲也先生其雲中之仙乎隱霧山休之中闢千古心學之秘著書立言其真採藥以療人之病礪劍以利人之鋒騎龍于雲之裏吹笛以覺人之心者哉

古詩七言

太極詩上范天碧侍郎

涵涵六合八紘裹類聚化遷何可紀固然兩人陰與陽大要一箇不得已所從無聲亦無臭所出如彼復如此成象効法森目前大自三才小一蟣形樣度数各有極體段一一無偏倚纇疵痕迹毫髮空可驚可怪復可喜参如交錯天然文不斷去来川上水尭舜得之御黄屋不動脚手萬物理孔顔得之洗其心四時晝夜同行止盖緣道理元如斯無非禮義當然耳就中發出太極来萬化一九而已矣眼看手搏漠無有一日無之天地毀片時俄頃不可離萬古千秋長

不死靜為體而動為用來為神兮去為鬼不離於物
仍循尊並行不僭光同體但從化上識中庸立見源
流徹精髓自從夫子係周易千五百年沒荊杞一朝
道在九疑下紅輪扶出咸池洗不私其有以示人意
輿朋類同其美隋珠夜先翻不幸操刀按劍如蠭起
吞焦口燥朱晦翁至今無柰能無耳終然性在天地
間臭味不忠無蘭芷文正有孫巳佳絕混沌相識尤
奇儁霝澤天台合清秀洞見無終與無始一笑相逢
武夷足菊花未老梅含蘂共在生生不息中思入遥
天碧萬里金城鐵壁私家學一言半句俘其壘斷搓

枯枿晚未生睡魔碎易面沃水世間無限掃復生無事生事雜且猥一天一地殊為允注疏陋儒足加籤頤公多與說無外庾使蒼生安六禮

鄭玄孔頴達賈公彥禮記曲禮下周禮大司樂典瑞注疏皆云有九箇天下此禹九州乃其東南之一州也名曰神州其中一州曰崑崙總繞四面八箇天下先王北郊祭地祇乃此崑崙之神也其謬妄若此先儒並無一言及之不知何也

汋惟此心精淵涵義理開豁非先生全体太極安能形容如此之切

勸學有序

數百年來斯文氣運自北方漸入吾閩以至于今四書遂出於閩流布天下日月所照莫不盥手讀之以洙泗伊洛視吾土也後生英俊當有以接續永久之不可以漸而陵遲之也感興片言呈諸同志

七閩四海東南曲自有天地惟篁竹（漢武帝欲伐閩越淮南王劉安上書閩越非有城郭邑里皆草木篁竹之地多蛇蝮猛獸）無諸曾擁漢入秦歸來依舊蠻夷俗（秦末閩越君無諸曾以兵隨漢高帝入秦秦後滅秦有天下封為閩越王漢高帝不事詩書至武帝漸用儒）未央長樂不詩書何怪天涯構板屋人民稀少禽獸多雲盤霧結成烜燠樓船橫海未入境

淮南早為愁蛇𩿧自從居股徙江淮鳥飛千里惟溪
谷武帝元鼎六年閩越王居股隨東越王餘善作乱武帝遣樓船將軍楊僕撗海將軍韓說伐之居股
乃殺餘善斬其頭以降武帝封居股為侯以閩越地數反覆悉徙其民江淮閒而虛其地居股即無諸孫
○今長溪溫處是也經歷兩世至孫氏始聞種杏匝廬麓依然
未識孔聖書徒能使虎為收穀異端神怪非正學但
可出野鶩麋鹿三国時董奉候官人也賣藥廬山下不取錢只各令種杏一株數年杏生
山谷一斗杏賣一斗穀令人自採其人若貪多不止輙有虎出逐之廬山在吳境內其時候官今閩縣候
官長樂福清古田連江皆候官地也○廬山今江州三分南北又幾年匹士單
夫無可錄開元天寶唐欲中闌干始見盤中苜長溪薛令
之唐開元中為東宮官作詩曰朝日上團團照見先生盤中何所有苜蓿長闌干飯澁匙難綰羹稀筯

易寛但可謀朝夕何由保歲寒明皇見之怒以詩遂之曰若嬿松桂寒任遂桑榆燰遂歸不仕日南
韶石出名公新羅二士非碌碌姜庶子公輔日南愛州人近交趾德宗時為左庶子張九齡韶州人開元賢相新羅有二人曰張保皐鄭年有郭子儀李光弼之才鄭年入海水底行五十里不噎新羅国在東海中〇七閩轉海即洙泗僅有令孜與思勗令人不忍讀唐書不勝林蹙溪山辱唐僖宗時田令孜為宦者之魁致黃巢之亂宦以之亡開元時宦者三千人高力士為首次即思勗二人皆福州人也天心地氣信有時二三百年漸堪目述古大年創發迹義理文章相接續陳襄字述古懷安人也先為浦城主簿後知杭州東坡同時為通判楊億字大年建州人宋真宗時為神童以文章名世蔡襄風任獬豸司陳烈氣壓龍虎伏蔡襄與化人仁宗時同歐陽脩余靖王素為諫官号四諫陳烈隱士福州人蔡襄知福州

尚嚴烈因作詩曰溪山龍虎蟠六月夜衾寒傳言祝舟子移棹過前灘蓉襄見之威嚴頓減介夫當仁竟不讓鄭俠字介夫福清人先為王荊公弟子公為相行新法京縣河北民苦免役錢流離傳徙介夫時監東安上門日閱流民出入過門遂畫為圖獻之神宗神宗見之大驚荊公怒竄之編管英州後得赦歸為泉州教官了翁守義窮彌篤陳瓘字瑩中南劍人哲宗時被黨禍守義不蚤在貶所自號了翁天開道統游楊胡一氣北来若蘭馥廣平先生游酢字定夫建陽人龜山先生楊時字中立將樂人皆二程門人胡文定公安国字康侯得二程之季於謝上蔡二子五峯先生名宏致堂先生名寅父子皆居崇安五峯了翁責沈先識程陳了翁與范淳夫祖禹同在京為考試官因講論語淳夫曰不遷怒不貳過當今惟伯淳一人了翁曰伯淳為誰淳夫曰不識程伯淳乎了翁曰生長東南實未知也自是得明道之文必焚香盥手讀之作責沈文以示子孫沈即葉公沈諸梁也不識孔子問於子路子路不對子容聞風亦

知蘭蘇頌字子容泉州人哲宗時任政府東坡兄弟忌程伊川聲名子容嘗見子由毀伊川子容曰公未可如此言頌觀過其門者無不蘭也斂龍化作李延平道理益明仁
益熟遂生考亭子朱子延平先生李侗字愿中劍浦人龜山得二程之學傳之豫章羅仲素仲素傳之延平朱文公作同安主簿歸親登其門問道延平以書與仲素曰得渠如此吾復何憂今論語中間之師曰即延平也撑拓三才開位育植立綱常鼇戴
地開發蒙昧龍斷燭三胡三蔡與五劉新安建安如
一簇三胡見前三蔡西山先生元定季通二子節齋淵字伯靜九峯沈字仲默文公先居五峯致堂為先輩後居建陽三蔡隣近目西山為老友五刘刘謚靖康死節子羽子翬文公幼時師珙樞密文公同時草堂公妻父文直卿華作東床客照曜乾坤兩水玉黃勉齋榦
字直卿福州人文公女壻也初仕潭州以捧香恩澤得酒庫官後知臨江軍新淦縣知漢陽軍寶慶府終

沿江制置司參議官四書才老多有見（吳棫字才老建寧人四書註中多用之）楚辭全甫尤能讀（蔣琮字全甫古田人明於音韻之李文公註楚辭用之）正叔安卿親聞道（李果齋方子字正叔邵武人陳北溪名淳字安卿漳州人皆文公門人）稍後景元亦私淑（真西山德秀字景元稍在文公後浦城人）禮書身後得直卿（文公用心礼書未了勉斋了喪祭二礼）遺經未了留楊復（楊信斋名復文公門人作儀礼註寧德人也）奎宿分野忽在茲神光秀氣相追逐燈窗眉宇轍不同金玉滿堂珠萬斛遂令四書滿天下西被東漸出九服方將相與作齊魯邇來微覺忘梳沐賢良文學偶未設墻角短檠棄何速相看一一皆鳳麟相薰漸漸隨雞鶩古今最重是習氣聖賢為此參

蹔處一落千丈不可回堅氷都在坤初六詩書自古不誤人明經不但為干祿聰明才智萬景春家國子孫千百福吾言喋喋徒費辭自昭拱看扶桑浴周易晋卦大象曰明出地上晋君子以自昭明德

洵惟先生勸亭先叙吾閩古為荒服不如書次言至唐人才頗著未言及宋諸儒始盛四書傳于天下人咸以伊洛視之而接洙泗之傳也后生可共於棊棄而孤先生之教也哉

禁酒

五穀之中有湮液堯舜未嘗得消滴剛柔張弛理或容兩間緣此生儀狄初如濫觴出岷山中作江漢橫人間沃焦蘇枯亦宜有滔天襄陵若不難幾人捐軀

乞鮫鱷錢家蕩折無城郭古今魚鱉劇永嘉至今無
人非畢卓聖人哲士謀慮長金城鐵壁為隄防尊崇
流水尚泛濫黜降登躋毋升堂森嚴監史如霜雪無
算無量無喻節儆儆傞傞未嘗有山立佳人氷玉潔
柰何世降波瀾狂周公不作衛武亡漢家石杠耗海
内唐殿金龍跨遠方上下因循為日用勝理腸胃成
膏肓病民害物拂后土愁天怒地干陰陽聖君宵衣
急民瘼一照萬方同忭躍救荒令典固當爾此事更
有加商畧東西晉武覆轍新李白杜甫皆沉身夏后
以前皆聖世豈無貴客與鬼神四維不張既非美人

而無禮不如死阮籍罪當投四裔山簡接䍦尤亂紀

江東命脉王茂弘荊州父母陶士行更乞十年禁酺

錯書生鼓腹老太平

壬辰日蝕

憶昔度宗皇帝時十年十三日食之似道顛顛湖海

曲天子宮庭躭樂嬉滿朝翁翁皆婦人禍来照鏡方

畫眉北軍順流日食既兩國正爾爭雄雌興亡豈必

皆有數百年以来士氣索文臣髀肉不識馬武士驚

魄怕見旗

洵惟人事鈌於下天文失於上感召之机也世儒以春秋不著事應嘗先生警動君人之義也哉

壽栢峯

愛道愛寶同緇蝸福善一點如朝霞稽天利欲湫無路不妨角里留巔崖清虛淡素天所覶百神萬物争擁遷七十移桃自玄圃八十意思猶未花含和抱粹不肯露時對知已抽萌芽我亦一人年在弟弱質自媿霜蒹葭逢人説項有何見豈非氣味同一家喚栢茹芝分一菓朝夕供兄粥與茶一任張良筭出去人生何惜老年華

久旱得雨

同堂合席分汝爾况乃邈然千萬里寸愁不知從何

来一夜擁衾八九起井田未復思扣閽忍見秋夏田無水井霖才是渴者飲何事驕陽驕不止旄倪奔走緣木求惟有氣龍尚循理焉知天心不廣大無愚無智皆如子拜泥祷偶都不問御石移山良可喜雲飛風起作氣勢野霧山昏醞井美三朝遂作洊洊萋一點一粒不勝紀吁嗟爾輩何惜命歡呼噎嘔舞歌死有身安得不求生天地之心固如此草茅藜藿有一筞堯舜是亦人而已端居廊廟同此身及人及物唯推己宫中聖人念民物春不折栁嫩避蝝論道爕理豈不知一夫不獲古所耻三年耕有一年食堯水湯

旱無死徙有民心也為民謀此道如砥直如矢

壽容山

天下東南有玄圃左瞰閩浙右俯楚藴環露秀周峯峦異氣時出為雲雨何年營丘文獻孫相攸馳檐来胥宇綿綿瓜瓞日蕃滋福德兩薫一為主山川歡喜神靈依五者日用如水土我来昔在旃蒙年乃翁八八鍵如虎再来當公六十六春風習習生談塵即溫聽厲心自凉不覺人間有炎暑年年今日慶生申巳得河圖天数五今年三合尤奇妙人生與後共歌舞樽前萬事皆如意酒酣歷指為君數彩衣堂下森芝

蘭四宗人人皆玉樹詩書禮義照人間譙恭孝弟麒麟武高年壯健勿稱仁此事天下莫之禦福地何但貯退藏請以閟宮代梁甫

有感

後人百事不如古創立造為悉難數一日苟且成千年一夫阿徇彌九土神仙不死豈有之起自秦皇并漢武蜀陵冀甬民鼓亂樓殿至今連海宇從明未載心神飛無根金人忽如覩膏肓遂成不可治五教墜塞生民苦帝城元夜移三山天河七夕橋織女倡優侏儒為戲樂淫辭浮文作貢舉賣鹽沽酒克科賦吹

簫執籥送喪死一般更有亂生人背棄劬勞事歌舞造端良是魏隋間以至開元遂為瘉四海之人皆若狂諛舌紛紛蔽明主五鳳樓前舞千秋漁陽動地来鼙鼓六飛倉卒冐煙塵两京流血欲漂杵此禍端從逸欲生国無良臣致惑蠱事君事親不在是福壽自有千門路曲禮三千無一條六經百氏無一語空隨流俗作愚蒙並將四海蒼生誤先儒未嘗論及此共慶重闈或可許不知沿習秪可傷明知故作非相與忠告善道不是從巳所不欵當絜矩豈知謬致一辨脊面把黨人作聾瞽

洵惟先生抽千古之膏肓曲詞警戒君人者盍亦審所尚哉

代壽德輿尹

堯賞五葉開元正堯雲五色輝紫清漁歌樵唱樂寬政今日公堂彌兒詵江南春稱寒猶峭東風先綠銀峯草銀峯百草皆何私邀得東風來獨早寬厚不愎父母心父母萬壽兒頭深老稱盡作斑衣舞來聽春風堂上琴黃金臺上凝虛㝉碧雲為捲琴聲去要令四海皆陽春不但銀峯沐膏雨區區祝公在此詩寸草莫報春陽輝秉鈞暫借牛刀手八荒開壽如堯時

洵惟此祝壽先言德及一方一方祝其壽末言澤及天下天下祝其壽先生其善頌善禱乎

天上碧桃 栢梁體

春堦蕩漾春日長羽林颯颯勾陳蒼鈞天寥寥帝不康一月震悚奔勾芒夜鳩衆功和陰陽粉白黛緑各一方鑄作娟麗盈盈粧金烏飛去東藩傍左右前後千毛嬙青雲衣兮白霓裳重重華蓋十六行瓊林玉殿積縞霜氣婚薰薄提藍光白雲鄉是碧雲鄉騎龍韓愈如漁郎緱山仙子聞仙方坐鶴之背吹鳳凰穆子簡子方来王氣迷色眩成肆枉執法叩閽夕抗章有一於此無不亡言從諫聽如禹湯斥羅脂澤去芬芳各服錫衣事蠶娘

夜臺壬午焚道經詈老子

角陵初為五斗盜崔浩繼作千尋宮重黎不生大禹死鬼魅雜出交蛇龍妄夸奪盡離婁明盧喝羿却樓煩弓禮樂沉淪入九地陰邪呌嘯充虛空人寰黯淡如夜臺百物悽愴生芒鋒虎狼四出食人肉四溟不受黃流東豈無健士能排過末俗骨醉難為功我欲南游呌虞舜一怒為我誅撓共陰陽草昧風氣閉蒼梧日落天鴻濛代天去惡如拔薙後剪枝葉先其宗洗心斈易見太極百惟水釋春流通道在不係後與前日月東出開群蒙更須講究銅駝事結正當年河

上公

洵惟此二章見先生闢異端所斈之正

石堂先生遺集卷之十六

石堂先生遺集卷之十七

宋寧德 陳普 尚德

律詩五言

德陽林梅麓太守輓章

殷士皆周祼南音獨楚冠寢車人更怒負俎我何安義合雍容就名應久遠看梅花真鐵石耐得許多寒

輓平山菊澗 六首

自是斯民手全成此世身片言含展席一室見經綸德業空成已詩書止事親但羸千載內一樣不無人

二

卑卑梯接俗望重若蒿蓬作偏繫何代彌天以送終
閒居常憤切易簣愈昭融一二人家化髮髮似洛中

三

小試庖丁刃天主信不虛林林驚若鳳戢戢免其魚
一日乾坤定終身岩谷居人皆疑不仕莫曉我心初

四

細細香鼻孔寥希古已然相逢言尚古話久許知天
太極有形外幾宵燈火前示人猶不敢何見遽刊傳

五

獲接阿戎裾殷勤便手盧閒械伯淳坐入夢孔叨盧

敬事期身役摳趨刻歲餘天翁如錯誤流澌看苦茁

六

詩禮斯文嫡箪瓢此世人心惟憂道屈眼不見家貧
清瘦生来骨孤高沒後身幾多黄壤客難朽得如君

凭闌二首

南浦路東西佳人不可期斷雲荒草渡歸鳥夕陽枝
心事十二曲頭闌太半縣低田問流水去去復何之

二

高豁乾坤眼山晴緑雨收夕陽流水遠荒草白雲浮
椰蔭小溪側樵歌古渡頭凭虛發清嘯安得仲宣樓

律詩七言

行藏

四時晝夜有成姿用舍行藏亦易知祭器無周應獨抱儒冠有越莫空資亂由徑竇人皆笑不出門庭鬼亦疑千古常經川上水莫將閑氣動詩脾

感興

晦翁去後道無傳知水仁山尚宛然一室落成方翠碧四書未竟已黃泉心留雨暗雲深處魂在月明猿哭邊山上仙靈還聚合虹橋消息問何年

讀書有感

弄舌儀秦久厭看無言混沌自安閑人心何日無堯
舜道學終天有孔顏五鬼不磨吾道義二泰長是此
江山窓前宿草根長在萬古春風去復還

洵惟此先生黜邪佞崇正斈令人惕然有深省奧
末黜寓天理常存人心不死又先生所望吾人者
大後斈其可耳
於自棄也哉

憶昔

壯歲聲名動洛陽重重皎日出扶桑筆鋒剛勁萬人
敵文陳縱橫百勝場天下文明仰能見胸中韜畧困
鷹揚喚回三十年前夢撫案挑燈感慨長

出行

半挑行李出藍關便覺前程地步寬鯨力衝開千里
浪龍光射破萬層巒逢人切莫談邊事開口何須問
故山貧殺一身無足道蒼生百萬要平安
詢佳堯夫曰四方平定干戈息我若貧時也不妨聖賢之心同一天地生物之仁也如是哉

積雨寫懷二首

識道知時乃聖賢合人統物一之天兩間惟有心長
在萬變咸歸理自然王屋大行從艮止北溟南海謹
坤先行藏悉是乾龍體要得無慚只在淵
一片真純要反觀纖毫外物不相干樂天豈向青雲
樂安土須從陋巷安日出扶筇天地喜雲深撥火鼎

神看化機何啻親兄弟但與為徒有底難

泂惟前首見先生露出不仕本意昔龜山再見蔡京先儒謂其有壯趾之凶二首日出句純是埋雲深句克己功夫末二句是卓尔從之末由意總是先生欲全一片真純之心

野燒

維昝平原起電紅憑陵勢欲逼青峯草茅不問新開甲蟄戶尤怜乍啓封何暇徧侯分玉石畧如伯益逐虺龍際天逆德無人問獨倚高樓到晚鐘

暮春始聞雷

倉庚杜宇已喧畢出地奔空獨爾遲六合中間皆起處一更前後恰来時吝蝸封閉餓鷟破迷蝶沉酣恐

未知菌蠢蟄龍安靜退不妨奮豫小愆期

偶成呈純父

朋友之倫在天地何曾玄璜耦赤璋不聆王人春風話禁得鐵衾秋雨床幾人超距作貔虎三尺弱孺思蠻強幾四合眼在冊碧講談帝伯鋪皇王

范睢蔡澤

戰国諸公敝一言磨喉礪舌亂乾坤儀秦已作風霆過范蔡方為河海翻榮耀須臾空自喜真淳毫髮了無存但怜三代遺孩稚流血成河暗本原

謝天爵惠詩和韻

男子須為顔孟徒文章義理視公沽不窮六籍不為學未了三才未是儒當作大鵬辭斥鷃又如快鶻入群烏泰山到頂無多路不肯攀登直是愚

福城無雪然人物與洛城一也

入城一見便金蘭青眼論心視肺肝日用共為時世笑晝眠常見鬼神看狂歌雪裏忘年老高卧城中傲歲寒但願康寧百二十年年斫雪訪袁安

謝岩上張伯春伯齊兄弟子姪惠生日詩

苟食媮衣豈足論諸公何見為開樽詩書雖讀道何有爵德咸無齒敢言泉下年年孤祖考眼前事事負

乾坤幸隨草木酣秋色晚節黃花別立根

賀岩上張商翁新居

商嶺高風動帝皇商岩清夢到君王故將琴劒詩書室結向烟霞水石旁紫氣遥知穿户牖青松應不隔垣墻後堂且設彭宣席未許鷰鷰燕燕忙

賀叔父為循子成室

五典三綱宇宙人千金九鼎祖宗身茶租急切同胞義氷蘖規模一個仁日月照縞倫理得山川廻合棟梁新教人以意非言語此事由家更及民

賀純父修考亭成

宇宙中間此考亭接連千聖集三靈乍年年松栢參天翠無事莓苔滿地青道統拳拳俄棟宇人心隱隱又雷霆世間萬事無難者但把純心對六經

懷古

世事悠悠一轉頭斷雲荒草古今愁青山此去黃河隔白日西飛東水流秦有金牛開劍閣楚無熊虎割鴻溝無情蕭寺峯前月幾夜螢聲影半樓

洵惟此先生為懷古而作不言唐虞三代盛世不言漢唐宋英哲之君而獨言秦楚者專為角智角力者發也意以世事悠悠之久如轉頭甚易古今世遠人亡惟斷雲荒草長在為他之愁蓋天地界限甚是分明如何侵奪得秦楚徒尔爭雄今安在哉要不如無情之月夜夜照臨安閑自適而已斯

貴人生處世惟順天之便可也而可角智力如秦羌之為哉

呈縣尹二首

生賢造物意何仁一本從来只為民擇取昜中五陽卦要令到處四時春黄扉紫闥終行志碧水丹山且愛人滿縣栽花秪悅目桑麻雨露是公真

富貴能無不俛眉太玄久作覆瓿資柴荊晝刻聲何駛芹草春風浪已披似此深心寧為巳其如淺學謬蒙知位無大小心惟一巳是當年吐哺時

贈葉洞春畫蒲萄

剡蔓牵藤寸管頭扶驪剔蚌出風流三千龍女抛珠

佩一個儒生擁碧油莫是前生封即墨便堪作酒慱
青州齊奴倘會清妍意免得紅裙逐翠樓

和清叟自勉

緝熙正學勿虛過立志悠悠得幾何黃卷工夫當猛
省青春齒髮莫蹉跎筆頭有歛由克養鏡面無塵在
洗磨六籍四書無釋手胸中治具看森羅

和清叟奉御大都

帝里春深草木芭御河滚滚浪翻桃萬千紅紫跡如
掃九十青皇壽已高南國江山歸夣遠東宮松桂晝
陰交丘園喜有平安報新竹初成集鳳稍

和友人惠詩

萬事無非理數成吾徒但向此研精介鱗有分當咸若麟鳳何緣許癡生愧我詩書空盜竊喜君學易有功程相逢亦似非人力十載昏花一日明

挽熊去非 有序

疇昔鰲峯作盍簪為予一動伯牙琴文明濟濟英雄集祭禮洋洋上聖臨古道遺時成握手往言駭俗頼知心群居離索非今日宿草萋萋得訃音

大德丁酉余為建陽平山諸公至雲莊書院鰲峯秋丁朋友以余姓名聞于去非一相見輙處之講

席余因見其當日行禮陳設位列多與世俗不同夫子無像六君子置以朱子次周程張爲五列之顔曾思孟後以爲深有得於禮制之當然與斯道之的傳遂假中庸第十八章末大意推言祀夫子當以夫子所傳所教三代相因百世可知之禮不當緣佛老而有末俗高坐泥土塑像又尋論語有臣欺天等語以爲十二章之服夫子亦必不受帝位王號皆不足爲夫子尊榮夫子道天高德地厚至聖文宣四字亦不足以盡但如夫子所教之禮設置夫子神主無事藏之室中有事南面設之然後

上自天子下至公卿大夫士庶人無不北面頓首
稽首如是則為以道事夫子不以區區名位章服
為之累又以夫子所教事夫子庶可致其来格而
又免於佛老及諸淫祀之辱像既不設十二旒十
二章亦無所施去非及座中朋友皆以為然歸来
雲莊有好事者乃以為鬨當時相厚相與亦疑此
事出於未聞或有悔吝余不得已畧將楊信齋所
類祭禮中記文公之語亦嘗及此者示之群疑稍
釋去非聞之乃以文公集中載其守南康日所規
白鹿書院欲不設夫子像但作一空殿祭用神主

以考滿不得竟力囑代者錢守宇子言者以繼其事不幸錢不學未用其言一依時俗舊例遂為終身不滿亟以見示適似之吾黨論者始息區區寢食亦得以安且又嘗謂余曰此事不華斯文之運未敢望升猶慮其益降也余深服其言困走東西相見數四不得十日相聚將二十年尚規一携手而造物奪之矣細扣之乃壬子十一月而余之聞乃癸丑之臘逾一期矣唯有頰足而已盱江李德臣其老友也甲寅六月以薦舉過福寧族中相遇出其嘗聞于上欲為成其斯文之志者余不才姓

名亦與其一因再感觸附一哀章且述其相見之知心與其解釋世俗者于其後云○五君子列顏曾思孟後亦去非深見區區管蠡亦素有懷于茲以為文運將與必以五君子超唐軼漢直接孟子列之顏曾思孟以配享孔子不徒置之馬融鄭玄輩之後也及到鼇峯見去非首不設夫子像一喜也又於五君子與管見同二喜也文公竹林精舍六君子及盡像賛盖當相去未遠而司馬公之覲矩準繩康節豪傑英迈皆常尊敬然二君子於程張為先輩乃次其後已有微意諸處學校書院皆

録六君子贊列司馬邵於周程張不知文公當時已有權衡其他所著作亦多可見如所敘八朝言行録列八九十人有司馬邵而無周程張却別作伊洛淵源專記四君子師弟子本末源流而敘康節於其後蓋康節之學於斯文之統猶有得與處與司馬公純色天資不識二程之道不同也平生妄意嘗謂文公深意蓋與太史公分別列傳世家同八朝言行録列傳也伊洛淵源世家也作史者能如之則文公朱子之意遂矣去非所列已得之

姑附于此

和叔父九日後樓集 二首

霞邊鶩表見羅浮左右東南数十州天近先看洗光日地高畧数下灘漚乾坤廣大千峯玉人物英雄百尺樓衰暮来玆更重九菊花須滿雪霜頭

萬化區中總莫逃範圍不得是清高天將萸菊温存晚秋把山川貼助豪祭禰五更薦儀禮上樓万境擘離騷化工似欲重重九催促霜前辦兩鬢

和開元余兄儒術悞身 二首有序

儒冠多悞身儒術我何有此愁人愁語也不儒則人類滅矣何悞之有衆囂囂而雜處兮咸嗟老邁

嗟卑視予心其不然苟慮行道之術非用此以徼

高韻如何

安得芣苡美化流弦歌多著武城游文章久矣經天

地孝弟非徒潄黨州惟有命焉軻不謂貧非病也憲

何羞莊子讓王篇原憲居環堵之室上漏下濕筐坐而弦子貢往見之曰噫先生何病也曰吾聞之無財者謂之貧學道而不能行者謂之病憲貧也非病也曼相能使人相類莫信

詩人浪訴愁

莫逐嗟卑嗟老流謀身先向呂宮遊力耕不怕水和

旱篤信能行貊與州寡悔到頭終得祿不恒自古或

承羞藜羹布被君休嘆五十無聞却是愁

柳絮

春莫柳花漫漫偶成詠絮之作

去跡來蹤莫可尋辱人頭面與衣襟若為蟣虱虫蛆類亦享軒窓庭户陰六合中間不知数兩儀化育亦何心手彈劍擊皆遷怒曹丕書弁風沾點如蠅孫權以為真蠅以手彈之魏王思性急執筆作書蠅集筆端驅去復來援筆拔劍逐之只待霜風響竹林

和荅友人

萬事云何只有吁闢調經世月牙吾要知剥復無非數不是乾坤未用儒莫問睓非并舜是但存旁範與膺模洗心幸有義方易闢氣須教半點無

和荼蘼

綠霜和雪揉為裁消得玻瓈紫玉杯擾擾鬧時遠賞翫匆匆落去謾遲回顛迷蝶夢留蝸國荏苒龍珠入蚌胎急作招魂傾桂酒尚餘半面在蒼苔

挽蒼厓

自君綦迹絕兹邦共訝君為採藥龐疾景更先伯淳一佳兒獨欠郭公雙一經有托死何恨隷善未酬心肯降涙滿平生師友事山中幾度酒盈缸

和萊花 二首

天公大似慰顔貧二月滿園瓜子金不問異根仍異

味盡令同色亦同心輪蹄見棄各有路蜂蝶争趍亦若林魏紫姚黃来課此如鬭太古簧桴音

華實根荄若箇般深知始解識鹹酸争春豈敢當紅紫貼地何能助碧冊未說餘香有濟用最令中色直堪飡洛陽個個知揚撥此物却無人會者

夜坐

書債如山未有涯幽懷耿耿夜眠遲官無蟈氏蛙何橫天靜狼星狗不知談易入神山鬼笑端襟持鏡玉蟾窺悠悠窻下新功小羞見婆空萬玉姿

山中

便是人間一洞天墮樵煮茗畫騰烟漈春笋蕨千鐘
禄落日漁樵三島仙一脉井泉生白石數竿脩竹對
青氈天関九府高無路莫叨椒芹獻小鮮

野景

衮風椰絮亂溪橋一抹輕烟野外遥獨釣漁翁占江
上耦耕農父伴山腰黄鸝百囀趂紅日白鷺一行登
碧霄只怕時光如水迅前村忍聽一聲鵑

荅友人

雲作交遊山作賓道心為主自安貧柴門無鑰見同
物竹泉有名終累人緑水一潭澄静性青山萬叠畏

閑身紛紛望拜馬蹄下不見胸中萬斛塵洵惟此合上山中二章先生自道快樂受用惟資真趣不屑於外物之慕豈非見大心泰無不足乎後李當求先生之真趣始得雨霽山皆秋色

學詩

先知老嫩辨精粗又識寒酸與富腴要落前人舊窠臼也須作我大規模英豪好是不緣酒妥帖豈須由撚鬚最好堯夫擊壤集胸中閑氣一毫無

搓膝支頤未冠年已將采擷勝雕鐫未能動地驚天句且誦吟風弄月篇擊壤莫拋康節集翦膠可續上絲弦東山七月無人解只是周公學有源

雨霽山皆秋色

一朝積雨豁然收待我疑眸百尺樓遠遠脩眉明碧落稜稜瘦骨出清秋同姿遠岸遥生靄一意寒江亦露洲此即化工無信息天機衮衮不曾留

喜晴

炎天積雨氣如秋今日新晴快倚樓神女收雲清客夢羲和鞭日慰民愁昨朝苔砌行螻蟈破曉松梢亂栗留暑氣猶輕如四月欲從溪上問輕舟

長夏竹中 二首

四圍碧玉遶盤河六月此為安樂窩且喜身心各清

净但愁歲月為消磨洞門開闢元無鎖暑氣羞慚自
倒戈只要人心明內外紅塵取此本無多

暑威赫赫氈裘區繞屋琅玕足自娛四面塵埃渾不
受一年炎熱竟成無絕稀人跡天同處閱盡詩書日
未晡為惜分陰故来此時人疑是七賢徒

連山一峯獨秀

雲屏屏斷亂山稠中有青螺百尺脩拔萃出群高地
步導前擁後作班頭上連霄漢不盈尺俯視岡陵總
下流吾道與君亦相似功全一簣便相侔

東作

經綸一札急農功駿發公私四海同婦饁尚存豳國俗耦耕不間楚鄉風烏捷紛亂烟雲裏布谷焦勞風雨中隴外輟耕相賀處年来饑突絶西東

自杭来有四聖觀佛所言

浮杭江海備間関金甲煌煌亦厚顔一夕蒼黄生病眼百年冊碧照青湾但聞兀朮聲翻海不謂羅延力拔山瓆瓆靡與何足道傷身空在暗香間

呈汪主簿及茗源諸公

章甫公西愧點雩断纓子路羨柴愚天知人棄終多福道屈身伸賴讀書有日官曹湏忍耐薰天聲利儘

欷歔行藏謾似琅琊客採藥深山日不虛

挽詩

繩頭蝸角總虛名公擅儒林一老成四德兼全空舉袖一丘何暇問蒼生書窻掩月鷄同夢琴室臨溪魚識聲可惜哲人今已矣尚存畏敬儘堪刑

贈清叟行

共君一夜話三生語正投機君又行溪柳效顰添別恨岸花和意送離程驚時莫問歸巢燕贈別愁聞求友鶯今夜夢中重聚首鷄聲茅店已三更

遠望

浮雲盡掃暖微霄去鷺歸鴻入望遥積雨纔收平野
淵夕陽未捲大江豪近看飄絮如千葉遠見脩眉若
一毫不有危樓高百尺也應無處可呼號

和黄雲甫韻

志欲鑽研探本原聖言爭奈遠如天爬沙愧我遲而
鈍穿石輸君敏且專方識立身須審矢也知去道每
輕儇若將中正在正鵠砥鏃磨鋒必入旃

和答友人

無一能攀古聖賢僅能澄淨一腔天新於梅畔見無
極久向心中閲逝川文暢惠勤同錫飯東園甪里共

衾眠儀秦有轂雜衆錯莫怪香山去學禪

次答姚考成留別

別後相逢各問年依然綠髮對華顛閒雲徑占平間住伴客那無一榻眠酒為愁多全欠力詩因料少未成聯却憐壁上留題句時有閒情到月邊

儒家秋 三首

講堂寂寂夜鳴蛩苦為兒曹課日功道體渾淪參太極臯比吟落坐西風研硃點易露華白剪燭談經帳影紅禮樂斯民開治教閩中常衮蜀文翁

離離秋色上梧枝向曉烟雲吟硯池絳帳談經千載

道青山對酒幾聯詩西風紅葉林邊樹夜雨青燈鬢
上絲竹瘦荷枯籬菊凈暫韜筆硯微皐比
蕭蕭西風鴈影孤凄凄凉氣入郊墟鉄檠灼爍三更
雨道脉精微幾卷書潘鬢星霜愁髮短韓堂風露故
交踈朝廷有道奎星顯何苦蓬窻守蠹魚
洵惟末二句知先生之不仕亦出于不得已也

烈女秋 三首

陽臺春夢逐浮雲燈影西風獨閉門一點清心霜六
月半簾紅葉雨黄昏守符終古漸臺水墜血經今金
谷園何事文君無雅操琴聲一動便思奔

不思粉黛學傾城心對氷壺貯月明魏国節操成令
女湘江竹淚泣娥英床頭明鏡春容減桑下黄金秋
葉輕守静不因時物感西風荒草自蛩聲
一盞残燈對影居鳳飛西去彩鸞孤毁身令女生全
節沉水齊姜死守符月色半簾閑翡翠蛩聲孤枕冷
珊瑚栢舟歌罷塵埋鏡淅瀝秋聲在竹梧

秋月即事 五首

夜床輾轉恨明遲曉髮梳寒倚竹扉樹影紙牕風作
色蛩聲壁罅月流輝三盃白酒窮年客滿篋紅塵
歲衣遥想白鷗江上路蓼花楓葉雨霏霏

玉露金莖曉髮寒秋風仍作去年看蛩聲蹴雨長為
客鴈影殘蟬獨倚欄鐵硯窻櫺雲影淡丹楓溪曲水
痕乾西風曾與黃花約擬撥繁英貫酒餐
二尺書檠對影居西風吹雪上吟鬚雲邊月色人千
里竹裏秋聲酒一壺客思迩來紅葉亂鴈聲南去白
雲孤季鷹自是知機者一念蓴鱸便到吳
書餘飲水枕長肱四壁啼蛩訴不平月色滿窻詩骨
冷露華半枕夢䰟清西風歲歲長堤栁流水朝朝滄
海情紅葉山深無鴈過殘砧幾處搗愁聲
遊絲閃閃掛虛簷翔集號寒華嶽尖白髮束來閑點

易烏衣歸去寂釣簾三千客路飛楓葉四五人家賣
酒帘魚笛水寒江上晚半叢葦葉雨纖纖

鼓瑟三首

滿樓明月調雲和五十絃中急雨過彩鳳拂衣鳴翠
竹素鱗鼓鬣出寒波淒凉[illegible][illegible]新愁斷清切湘靈舊
怨多一曲更沉人已靜江頭雲掛綠嵯峩
朱絃聲奏徹雲清有客沉吟倚柱聽遺響一時存楚
曲断䰟千載寫湘靈珠隨明月生滄海船挾悲風過
洞庭絃綠無言膠柱倒遥遥江上數峯青
五十朱絃不與琴一絃一柱調清音南華喚醒莊生

夔西蜀傳留望帝心魚躍滄波風嫋嫋鳳飛丹穴月
沉沉此情不待鑑而作一攬新聲見古今

石堂先生遺集卷之十七

石堂先生遺集卷之十八

宋寧德　陳普　尚德

絶句五言

夜坐

竹雲亂相逐明月蓋如女青山鎖幽人飢民卧茅宇

洵惟夜坐念及乎民先生之仁也

有感

益州桑柘兩莘野稻粱秋功業髯秋兎行藏汗萬牛

高宗帖

寢苦枕干予有暇縮秋蛇仁人不忍見俗子持相誇

姚國秀十詠

東塾

濂溪義安取新鄭與新豊所以東塾子拳拳東塾翁

溪莊

疇昔何来此青山與白鷗絜飛春不去潮返月頻留

洵惟此山盟鷗結樂常在之春眺不摇之月此先生之深於道也夫豈外物是徇也哉

玉女峯

道心苦難足造物冷看人鐵漢未成就遺渠妍笑顰

勒馬山

六合横馳騖道人門不開回頭顧明命鞭辟入身來

洵惟此先生又自意馬囊寫出檢身之李

圓山

道人見此山指作太極圖中宵掛明月請看頭上無

洵惟此先生以圓山為太極以月在山上為無極太極本無無極隨處躰認天理示人

信芳亭

德馨何酷烈同心皆與知靈根在何許暗室毋自欺

洵惟信芳是效其功夫全在暗室毋自欺上此又先生知本之論

小山

平生一丘頤不忘岳連姿若求靜壽意一簣有餘師

洵惟先生曰一丘頤全指仲尼言曰岳連姿却又是東山泰山也

竹塢

竹靜塵不染塢深人不到歆海不可航聊須從吾好

菱塘

廡隅集謡詠舉世尚和光平生憎老子蓄雨肥菱塘

梅牕

年年佩温故先入一枝来歳寒吾與女歆别重徘徊

絶句六言

贈南豐姚敬仲

孔門縲絏可妻董生孝慈有翁天與仲尼不恕人間處處流通

野叟十首

南鴈數聲嘹唳西風雙鬂鬑鬖病葉夕陽滿樹斷雲殘雨歸岩

瀟洒枯藤老屨行行只復行行泥路野人屐跡石橋流水琴聲

黄犢眼中荒草鷺鷥立處枯荷宦海風濤舟楫故山烟雨松蘿

愁思冥鴻杳杳吟情敗葉紛紛歸去滿身溪雨醉眠平枕山雲

白日長繩難繫青帘濁酒堪賒歸鶴蒼山雲際故人

錦字天涯
紅葉林風颯颯蒼苔徑雨斑斑人跡石邊流水樵歌
鳥外青山
流水數株残柳西風兩岸蘆花荒草客愁遠道夕陽
牛帶歸鴉
按步緩尋幽草揚眉一望平林鳥影漁磯日暮荳花
村屋秋深
幾處漁樵石路數家鷄犬柴門竈屋残烟杳靄溪流
淡月黄昏
木葉西風古道稻花比壠新田流水美人何處夕陽

荒草連天

洵惟此先生俯仰無慚優游自適卽其所居之泣
樂其日用之常雖云野步寬其意蓋與程伯淳傍
花隨柳近午而過前川者同一趣
也寄身朝市者其知此味否乎

絶句七言

太極中事事皆有卽無佛

三春蝴蝶誰言夢六月蒼蠅詎可憎未怪康衢中有
虎每疑太極裏無僧

讀史 八首

王莽當年似姬旦煬皇前日肖曾參擔囊揭篋何須
逐盜賊誰無仁義心

王敦自嘆非盛德國忠自言無令名狐死不知正丘
首人倫都盡虎狼行
董卓猶知用荀爽蔡京也解召楊時善人壽命如松
栢自有神明好護持
馬六尾五四代士葱寸肉方千世心浮雲轉眼百千
態惟有性情無古今
天踰鐵勒倫無夜地到扶桑更有人民首自黔心自
白詩書萬古不憂秦
洵惟秦焚詩書人心之詩書未能焚也
祝綱三驅百聖同仲尼無語孟牵弓雷霆日月誰能

避貨向門前着大蚤

洵惟先生言人皆有不忍人之心但聖人自然是人勉然故恩威咸宥豈有害人之心乎大蚤即人

不是二顏張許輩故將軀命委沙塵天生熊掌真滋

味自美自甘難告人

晏嬰白日為譏賊吾道何用尤臧倉啜粥倚廬深墨

面天地不遺君齊梁

乙未冬久雨

隴上初黃霧四垂禾頭盡黑正淋漓衡山自有開雲

手只在人間人不知

洞惟蘇子瞻公碑云公之忠誠去開衡山之雲先生言誠可以格天止雨惜人不知也

程氏館燈下白菊花

燈前一陣玉胡蝶火急教人網取看乃是徑中白甘
菊主人移入伴清寒

永豐疫癘事佛人多死

斗邑軍餘種未芽歛形還葬復千車天行底事無差
擇偏入長齋禮佛家

路中救小魚

道逢涸轍一窮魚氣息如絲沫尚濡未得相携滄海
去蛙池共活諒中乎

自哂六首

曾騎白鶴上揚州頭上花枝秉燭遊樽酒迩來誰是伴白雲收盡數峯秋

草澤行吟賦楚騷青麻衣上俗塵多五陵年少休相笑戲馬臺前載酒過

鬬鷄走馬醉高陽今日歸来兩鬢霜無限少年心上事半簾荳雨語寒螢

古樹閑雲獨抱琴琴聲寂靜樹雲深相如渴死文君老辜負題橋萬里心

世事悠悠酒幾盃晴蒼把鏡獨徘徊西風吹老梧桐樹仍送新霜兩鬢来

寬博麻衣折角巾踈慵不似少年身白雲半桃山中午猶夢乘槎去問津

愛日二首

絶妙茅齋對竹林少年日月直千金殷勤好與此君約不許空移一寸陰

一寸光陰直萬錢況兼妙質與崇年蹉跎懶祟俱驅去要與窓駒鬪着鞭

乙巳邵武建寧夜坐書呈諸公二十首

欲圖麟閣終形役不過虎溪還事煩但向著來寒往處十分磨鑢要無瑕

匝地彌天日用常寂然不動巳洋洋但令正氣無參雜立見岐山呌鳳凰

洵惟此先生黜伯尊王之義也管仲有一匡之功不知聖賢正心之學仲尼有噐小之譏是特日用之常耳大學自格致誠正做出脩齊治平之業何寂然不動而流動充滿如是耶末二句正是發此一句且以文王之德之純故能成二南之化而有鳳鳴來岐之瑞非正氣無參雜立見岐山呌鳳凰哉此伯功不足貴而王道當崇也君人者當審所尚矣

東家丘蓄緣何息百里奚牛為底肥自得三人雖損一此心到處物無違

鷸鴒翡翠各毛衣未有絲麻亦衣皮白晝不冠對妻子要令天地徹方維

敬身天不寬曾子白眼人當殺嗣宗林下脫巾仍露
脚青雲白石肯相容
一合乾坤貯鬼神入虛何敢謂無人暗中射鮒誰知
見繞市青衣說與人
南面彈琴陳蔡飢不停晝夜迭相催鳲鳩欲一無容
僞兄弟一家分受之
高宗誠實夢傳說傳說何嘗夢高宗鮐背圖形滿天
下柴門不荅睡方濃
長沙太傅便嘆息華州司功輙發狂持此身心上天
去更無可答萬夫望

寄箋遥問兩司命曾遣千金慰執鞭拋却一川風月
去高車駟馬定何年
求魚指鹿共誣天駟馬嘶聲更可憐不下但嗔機上
嫂中庭猶有淚如泉
父母何曾使我育自將身去徇塵埃孔顔思孟老莊
釋萬語千言喚不回
投燈飛燭未為愚捿跡紛紛是可誅緣木得魚還有
樣便教焚却孔明廬
氣雲汗雨揉黄埃不是天驅地使来莫恃慈親無殺
子害仁已甚必為灾

盱豫悔成緣悔遲徃蹇来反又何疑雞鳴一念清如水正是籧篨可俯時
山龍火藻舜所置六合可無網與維有室有家萬心碩聖門大禁在鑚窺
金明池上緑衣兒燮理陰陽焉用之建國立家真可怪不栽梓漆與桐椅
棘園木柵試文章先把公卿作冠攘徃事如斯能不咎未容盡付與斜陽
深山夭矯老風霜自是光明好棟梁不待萬牛拖拽去不如僵椰與枯楊

如山似岳起煙雲爭柰根資欲未純整頓乾坤成萬
類要還林下洗心人
洵惟此亦王霸之分伊尹耕於有莘出而相湯伐桀以割正有夏孔明耕于南陽起而討魯孫曹規取蜀漢皆林下洗心人也故書言伊尹與湯咸有一德史稱孔明無欺又曰開誠心布公道

叔文九日 二首

葱梅韭芥本同家自入離騷竟入邪一日露牙救桓
景千秋添得伴黃花
江左夷吾本勝流晩因造膝却生愁紫囊肯上斯人
腕敢怨離騷佩不收
内則膾春用葱秋用芥豚春用韭秋用蓼三牲用

藙獸用梅註云藙煎茱萸也爾雅謂之樧離騷謂

之榝專佞以慢慆兮榝又欲充其佩幃既干進以

務入兮又何芳之能祗從來釋者皆以樧為惡晦

翁云樧茱萸也幃盛香之囊也榝芳烈之物而今

亦変為邪佞茱萸固為臭物而今又欲滿於香囊

蓋但知求進而務入於君則又何復能敬守其芬

芳之節乎愚按此說固是然以上下文觀之屈子

恐未必盡以榝為惡所謂干進務入總謂榝與樧

所謂何芳能祗亦總謂榝與樧也干進務入於充

幃之義尤切專佞慢慆猶為諂[illegible]失守充幃則肖

依依之態亦惟求容而求親密蓋其惡尤甚於椒也又何芳之能祗謂其本芳而不能敬守之也蓋總指善人不守節故其上下一二十句一意成一片不應獨榝為臭物在一片中若附贅懸疣然也首言蘭芷之變荃蕙之花次言昔日芳草今為蕭艾蘭為衆芳之長又重責之云余以蘭為可恃兮羌無實而容長委厥美以從俗兮苟得列乎衆芳因連椒榝二物亦同意而椒之罪甚於蘭榝之不顧又甚於椒椒性氣最烈乃為慢慆之態榝尤烈乃為依依之容是剛柔俱化也然後總之云固時

俗之流從兮又孰能無變化合上衆芳而歎之也
終之云覽椒蘭其若茲兮又況揭車與江蘺其意
亦非棄椒但客之則文不可讀而樧罪甚於椒亦
在可畧故但云椒蘭又以蘭最香椒最烈而深責
其無所守也茱萸自先王已用之口味鼻臭南北
不殊屈子豈不見知三牲用藙則以薦之鬼神者
也屈子遂以為惡深恐不然其氣味形狀本椒類
而酷烈於椒而不可近兒童世俗宜以為惡然細
詳之實有去邪避惡激桀起懦之材故古人審而
用之亦若蓼然蓼於農夫為惡世俗亦以不善目

之與葱薤等同列而今亦有以和麴漬酒者其味
與椒茱萸菖蒲皆得金之辛蓋皆五行之物也陶
隱居說蓀云東澗溪側有名溪蓀者根形氣色極
似石上菖蒲而葉無脊今所在溪澗極有之如陶
所言福州人亦呼為溪宣蓀宣音相近也離騷蓀
荃一物蓀荃尤相近也浙東人亦用以和麴其味
亦與蓼茱萸相類離騷皆以為芳草則未必獨遷
怒於椒而不知其善也以充幃而言則古人當已
佩之以辟穢惡屈原借以為務入者之喻而費長
房亦非創始知其可以辟惡也晦翁註所謂不能

敬守芬芳止謂蘭然又似蕪謂樧獨與臭物二字相反理亦必礙然政可以明樧樧之本同物爾不然屈子之意亦當謂樧亦有才本椒之類第氣味太過本無全德一移於俗遂盡棄其本他人猶淺淺不敢深而樧遂欲深入於君求親寀為可傷也桓景當只是王導時為丹陽内史者陶回以造滕責王導則是樧之干進務入之態猶不改於後世也

邵武泰寧途間一路海棠

萬騎連接出襄国趙石虎都襄国作萬花騎出入隨從諸姨撩亂上驪

山唐明皇同貴妃每年十月幸繡嶺諸姨別色隨從望之如錦道人不識紅粧面

何事扶筇過此山洵惟此先生不愛花也有天然之花有人為之花出于天然適遭其逢者樂得其道則為傍花隨柳過前川之趣出于人為就情佚樂者樂得其欲則為玩褒国上驪山之幽矣

武夷一曲

紅橋一斷幾千齡親手文公再造成何事遊人尚迷路亂尋無楫渡船撐洵惟此先生以道言也首句言道喪千載二句言文公續之末言百家昧之也

玉女峯

暮暮朝朝此水頭却無雨怨與雲愁我儀何事堂堂

去極目天涯雙鬢秋

大王峯

統攝群峯占水湄長如翼德斷橋時惡聲聊斷仙靈耳赤幘空汗百世師

隱屏

排空觝雨立虛空端正方嚴萬壑中好去明堂充宁倚不應留此伴山翁

仙掌

冊厓翠壁盡仙梯不用囊中大藥資成道無過是無欲仙靈分曉示諸斯

天柱峯

撑天柱地氣何雄絶似多愁杞國翁五曲年来添箇伴從今不復患共工

一線天

天真道妙本無多只費挨攤與洗磨不見昭昭端的處分明全體是如何

石堂 五首

仙佛人言是一家好分半席共煙霞廓清摧陷儒家事不謂青山識正邪

天藏如許敢争雄重遣山靈費一峯不共那邊如水

火未應抵死不相容
蕭蕭五曲片茆茨環合群峯共護持天下七情誰中
節武夷山石百王師
天下名山釋子占幾堂獨武夷諸峯之下無一所
土人云茶岩舊有一區為裂石所陷移搆石堂壁
下復陷焉仁宗天聖間也今茶岩下一葩分明自
百仞之上摧裂而下石堂中一葩尤奇搪撑枕倚
坎鏬百道旁竅俯視其中攢楹拆桷冊碧宛如故
舉頭一片穿空入雲如啄一禽止其負絶可愛噫
韓退之石守道豈茲山之精靈乎其可惟矣又云

山前一曲中亦嘗有二所今皆廢墜其徒孌扶不起其一尚餘葥屋兩間一殘僧貧老自負薪水以給見者以為可畫也石堂中者旣陷乃出九曲外作之平地上今新村溪頭石堂寺也

聞言驚喜是家山竭蹶來玆遂一攀何但名稱偶相似宛然天壁鑠雲關石堂名與予家山偶同門户崖壁亦相類但其中廣狹異爾

新豐雞犬路終迷蘆下瀌溪非故溪造物留人殊過當終當結屋此雲栖

伯循和石堂後二首復依韻二首

晉士當年一峴山高風千古邈難攀浮嵐煖翠依然

在不入人間大夢關

櫂歌一唱醒群迷先有胷中九曲溪仁智之真常瑩徹過門不入亦山栖伯循有自緣箇裏有相關但教認得青山面之句

赤壁賦中四句 四首

耳得之而為聲

司聽坎體本来清舉世都将貯笛箏飽聽脩脩比窻吹人間能有幾長庚

目遇之而成色

人間何處看真色午夜天心月滿時無限凡夫空肉眼凝眸决背望西施

取之無禁

竹聲梅影芰荷香滿簷連車不是贓無禁浮雲并糞土百年瞬息萬人忙

用之不竭

白壁黃金殺五侯只堪揮斥不堪留柳風梧月牕前草此與江河日夜流

歸鳥

紫山青嶂盡如家夕日銜烟復帶霞今古乾坤秋一幅幾番歸鳥與棲鴉

困王孫

養生喪死婦女手受氣成形酒色胎牧馬夜歸眠馬
下夢魂猶遶舊樓臺

不解筭 四首

孔桑秖是纖塵編劉晏空誇馬上鞭六合分明長策
裏不知劉項入關年

筭來未必得盧梟不筭其如四壁蕭大道廣居天與
伍胥將前箸亂簞瓢

管晏商斯幾揣摩盡誇掌上有山河當身成就憑君
問孰與顏曾孔孟多

漢初帷幄有真儒五百餘人轍寺盧三十六宮来往

處子房終得邵堯夫
筭非吾儒事也不觧筭正吾事也衛靈問陳於孔
子孔子以為辱明日遂行遂行者無所顧慮而遂
行也陳去衛不遠甫到陳而絶粮則是去衛之日
槖之有無皆不知也可謂不觧筭也然使孔子當
時聚粮宿舂而從行則又不足以為聖人又不得
有弦歌不絶之事與答子路以固窮之語曾子一
貫之聞顔子道大之論以為萬世之教所謂千年
風致一時休也然則其不觧筭者適為是不可以
為非也兵之筭莫如吳起韓信財之筭莫如商君

劉晏而皆迷於其身莫切於身而箅之高者乃不
及是豈足為高哉莫非道也莫非天也不惟不觧
箅正不必箅也不惟不必箅亦不可箅也此孔子
所以從吾所好顔子所以不改其樂孟子所以無
不豫也古今聖賢士君子凡幾人矣孰謂解箅而
有成不解箅而無成者哉任理順天者無不得夸
智逞力者往往而獲罪於天也善明父石磵趙君
以觧使不觧箅自賛其真固非自有所不足也而
余就以此賀之併為之歌四首以詠之趙石磵自賛曰這一
箇窮漢便是趙石磵恐人不識他畫出與尔看出
莫教一口從容只觧使不觧箅其畫着衣補数片

七月六日夜雨

蒼生一一共胞胎日夜無端心上来半月驕陽四更雨醞風夏校夢初回

七夕 五首

玉果金盤開九州入間無處匿蛛蝨天孫今夜鵲橋畔百億化身難得周

但把九身小品論不須捐頻問星辰女郎恋别淚如雨違托金針度與人

欲理銀河一葉舟不知滿架架蒙鳩漢陰抱甕蒼顔叟孤負今朝乞巧樓

木牛流馬無人會元是自家心孔開却恐如簧譊佞口曾問天孫乞得来

織女牽牛不隔河儼然天娣與相摩道心萬載如寒水肯為河東起浪波杜詩云織女出河西牽牛出河東萬古永相望七夕誰見同一洵惟振古以来相傳牛女之會皆以情言先生独以道言夫惟道則所謂情者陋矣此足以破千古之疑況牛女經星位次一定非若纏星之遷徙不常也安有聚合之理哉

七夕後一日 二首

世間萬事但隨身不費將迎是聖人雨暗雲昏俄作夜天青水碧在今晨

明朝来歲儘過去客意深情幾度春此是吾徒壓垢

事敢將上下位星辰

中秋近頗晴五首

秋天連夕卷烟雲似為蓬蒿有滯人駟馬高車無夢想中秋但借一氷輪

借得氷輪不敢私幾多人要露肝脾浮雲不用欺天下須信人間有伯夷

浩蕩無邊及物心孔顏堯舜共弘深柴荆一壑蒼苔合惟幸寒蟾夜夜臨

生如螻蟻事如麻有菜無塩是幾家無限容光通照處良晨莫遣片雲遮

春風秋月久交遊少壯論心今白頭二子倘無相棄
絶從今但乞十中秋
頭月得雨兼旬秋暘人望已切再加前韻六首
前韻作於旬日
前未覺旱也
喻浹秋暘已望雲芭蕉一夜慰愁人陰陽各有時中
處不可相無似兩輪
雨我公田及我私幾多風月入肝脾天心亦似堯心
細一日之中有隱憂
時雨光風總是吟憂歡元不繫晴陰醍醐未用喻玄
酒中節何須論淺深

須識光風霽月心愛君憂國慮民深江南一夜千倉
廩并拜雙眸重照舘
播穀栽桑復執麻全憑雨露作人家世間惟有心須
霽一片浮雲不可遮
得意如心即勝遊不妨對雨作遨頭窮欄豈暇賢明
月舉室寒〻衾喜有秋

戲題趙畔道寓居壁間

踈髯荊楚青油客踏着天根息此堂惹得深山狂簡
子年年来此道先生

屢省乃成 二首

務本工夫在日新悠悠莫自老青春課功覈實惟時
敏德業何難葦古人
詩書總學本無難難年少心身莫暫閑尺寸之功當記
取將来百仭作高山

偶占

水邊側耳翠蔔葉陂下銷兎金步揺何以潯陽比窓
下白雲伴宿聽脩脩

一路海棠正開

入樵萬里海棠林花作雲霞樹作陰莫笑道人行此
路却懷程郚看花心

戲呈友人

年来學道未知方羞逐鶯花燕蝶忙三五年加心死盡有如魚鳥見毛嬙

右五七言絶句元稿錯雜且多爛闕不堪盡録姑緒正其可讀者如右其六言絶句并前卷七言律詩中頗有不類先生詞氣者盖得之別本元注謂先生詩雖稍有疑然未敢輙加去取或者先生少日之作視後来畦徑自不同也更俟明者質之閔文振謹誌

石堂先生遺集卷之十八

石堂先生遺集卷之十九

宋寧德　陳普　尚德

絶句七言

大學

三関

致知格物最為難夢覺関中善惡関若得二関俱過了方成人在兩儀間

中庸

道不遠人 五首

毛髮肌膚總道充面前無處不相逢為何南北多岐

士動隔江山千萬重

一人各有一安居方寸歸藏儘有餘顔子一春常不
出他人日日去其廬

三綱五典不用學旦氣清時在枕邉未出毋胎無不
具何湏萬里役樓船

巨鼇山更在頭上驪龍珠猶寄頷邉何似一身千萬
善流行充滿地中泉

穆王八駿魚千里漢武末年狐首丘馳騖崩奔何日
了靈臺咫尺不回頭

論語

首序

東魯氣勢已崔嵬彼婦無端汶上来天地未開堯舜

運子西晏子亦桓魋

時習章

學專復性習為功千五百年初發蒙悦樂已深加不

慍此身與道始流通

孝弟章

仁民愛物本親親有子當年見亦真第一註中明體

用洗空千載説經人

巧言令色章

正色忠言始是入一毫巧令獸為隣本心面自無難見識此非仁即是仁

三省章

專心於内最為難又主其三得大端曾識中庸并孟子正如江水發岷山

道千乘之國章

農田萬頃戰車千五者相因敬在先更把敬來充拓去四方百里已堯夫

弟子入則孝章

孝弟謹信汎愛衆親仁猶未是全功聖賢成法事物

理都在詩書六藝中

慎終追遠

三千三百皆天秩第一無如事死難喪祭兩端無愧

悔民風行作舜時看

聞政章四首

秉彝好德性彌天一見聖人皆勃然可惜散心膠一

世無能期月况三年

善言德行顏閔冉子貢依然與有之可是晚年深性

道三年喪畢轉依依

莫貪學聖在聞言但看威儀已燦然無隱無言二章

旨此章盖已具其全
盡心盡性自儀形得有相知道可行萬世無窮干祿
法深劳子貢一推明夫子之求四字最説得好子張干祿章意亦相連
君子不器
大學真儒耻小成一源體用要流行當知萬物備於
我直自脩身至治平
子貢問君子章
出話誰能敢不仁未行未足信於人欲求内外皆無
間兊口終須後艮身
攻乎異端章

墨氏似仁楊似義佛如美色與淫聲刀圭鳥喙甜如
蜜何况專攻欲盡精

孟子

孟子見梁惠王

道氣凄凉七百年招賢一舉獨非天當塲禮義难分
別回首空山重惘然

義利

利出私情害萬端義循天理樂而安是非得失分霄
壤相去其初一髮間

王道勸齊王

列國分爭幾百年人心天命不其然俗儒槩執春秋
義何忍斯民久倒懸

觳觫牛

堂上一言何自發分明太極本真存因知忍性元皆
善利欲遮迷只自昏

仁者無敵

仁人所在人心萃魚爵叢淵固自歸天命到頭還不
外東征西怨豈容遺

今樂古樂

韶濩無聲鄭衛淫紀綱條理杳難尋雖然古樂非今

樂又與民同無古今

大勇

大勇非由血氣充性情義命本來公至剛至直純天
道逆理其間何所容

王政

分地因天各有宜財成輔相只當爲相忘祿產沾濡
重皡皡渾渾自不知

不遇魯侯

齊梁舊事慣嘗陳道運湮微且莫伸便使臧倉無阻
間魯侯未是有爲人

不動心

見道分明了不疑氣常無暴志常持確乎理氣為標準變故艱危豈足移

知言

識見超然地位高人言情偽察秋毫一些些疾病生心腹明鑑當臺不可逃

養氣

養氣元來甚可為只須身與理相隨待今自反俱無歉直是工夫効驗時

浩然

至剛至大莫能言宇宙天人總一般須是意誠心正
日本来體段始堪觀

具體而微

道體本来無限量其間細大競差殊只争思勉此微
累意必之心未絕無

王霸

德誠已有奚容力假僞非由力莫為若使桓文居萬
里不知功效竟何施

乍見入井

乍見無從那處生非思非勉出天真苟無物欲相攻

奪人性如何有不仁

天爵

利名物外奚必用至貴無爵備自身舍己從人徒取賤到頭還自喪其眞

子路喜聞過

諱疾之人每忌醫夫誰有過喜人規仲由勇義能如此令聞無窮百世師

善與人同

善出於人元即性在人在我本無殊常人未免爲私累上聖之心道與俱

隘與不恭

異端豈必皆邪說執一之偏或過中隘與不恭如失
正到頭流弊亦皆同

天吏

生殺存亡我敢專德刑予奪出諸天曰天所命惟其
理夫豈諄諄告語然

堯舜之道陳王

自賊其君固不恭責難陳善乃為忠要知堯舜夫何
道只在常言仁義中

周公之過

過血乖離慘極刑人情天理豈其真天心處置非無意故把瑕疵累聖人

孟子去齊

女樂之行恨未忘時人又為去齊傷聖賢出處常如此道運終天孰主張

性善

異端縱橫害已深一言性善發天心民彝物則依然定多少綱常起獸禽

文公三年之喪

性善之言一動心至誠惻怛出天真紛紛徇乘乾坤

襄衢有居廬啜粥人

許行

治國兼耕豈理歟陰謀亂政肆崎嶇仲尼若使為司寇許子難逃兩觀誅

夷之

厚葬非徒識所先分明至愛自心根憮然一悟奚從變為有良知尚未昏

枉尺直尋

計利無非患得心誰能枉己直於人既甘隱忍無羞惡氣餒如何更復伸

詭遇獲禽

詭遇背馳先自失丘陵之獲亦何為彼哉舍己徇於物所得安能直所遺

公孫衍張儀

虎狼縱暴互奔馳孤魅紛紜擅肆欺三二百年天地裏十棚木偶弄嬰兒

大丈夫

玉食珍羞不謂榮簞瓢陋巷豈為貧亭亭當當無偏倚宇宙綱常任自身

孟子好辨

禽獸縱横鬼魅多人間岐路總差訛當時緘口終無語天理民彝竟若何

陳仲子

民彝萬古在乾坤人道寧同鹿作奔縱使披毛兼辟穀何能一日立人間

聖人人倫之至

圓頭方腹一皆人堯舜元非鳳與麟道德文章光萬世看來只是盡人倫

巨室

豶豕之牙須有道執牛之尾豈良圖亂臣賊子乾坤

裏天地人心未必無

仁不可為衆

天下最強惟理義英雄顛倒莫能為依依一縷人心在天命於斯自不違

自暴自棄

所性自來非不善居然豚犬豈人情昭昭日月明如鏡瞋目甘心冐昧行

思誠

氣形與理一齊生誠妄相須兩並行須是本心無走失所存熟後自能誠

養志

世俗養親惟口體誰能養志若曾參至誠順適無違咈為是心其父母心

格非

糾繆繩愆皆末務徒勞事事與之爭非心格盡常於道本正源澄萬派清

舜大孝

暮雨梧山淚滿襟皇天珍重意尤深一時瞽叟烝烝乂萬古人間慈孝心

赤子之心

真純未鑿本諸天飲食啼號所性然情欲不生無外誘聖人之質自渾全

自得

勿助勿忘隨所事潛心積慮孰加功待須默識心融後左右逢原觸處通

博學反約

事理紛紛未易窮其間脉絡要通融能於博處知其約漸次收功一貫中

由仁義行

聖心仁義相為一行動無非箇裏來已自不思并不

勉旃着意為安排

禹湯文武周公

千聖相承惟道一憂勤惕厲意猶深至誠之理元無息有息良非天地心

詩亡春秋作

鄭衛聲中聽雅歌父仇莫忝母恩多無人出任綱常主空有乾坤着羽毛

私淑

百有餘年澤未窮寒潭秋月寸心同尼山想像人如玉夜半相逢夢寐中

行所無事

天理須殊本自然自然天道合無天一毫小智生穿鑿所性之真已弗全

終身之憂

冠屨昂昂數尺軀聖賢無我意何殊伊人德業光天地在我寧耕食粟夫

易地皆然

今古無過只一中隨時適变不相通聖賢心術無偏倚事業雖殊道則同

齊人妻妾

簞瓢門析不堪貧奴婢并心自屈身駟馬高車光郡
國看来等是乞墦人

終身慕父母

外物安能亂本真終天眷慕受恩深大人所在元無
壞不失初来赤子心

憂憂喜喜

骨肉真情出不期捐階盖井我何知風埃滿目閑来
往天性曾無一點疵

禅繼

處变安常兩不同聖心天地與為公要知授受精微

處不問親疎共一中

有庳

弟兄小忍與堪憐公義私情獲兩全管叔若教封有庳如凶惡罪豈無倫　疑有訛字

放太甲

未道鳴條作網羅近来亳邑轉倫頗嗣君可到先王墓為問南巢事若何

要湯

畎畝一身堯舜樂囂然堯舜在君民別無鼎俎要湯具為有華勛道在身

百里奚

貧來芻牧竟何疑只是要秦一事非爵祿無心殊已久誰能白首戀輕肥

大成

任與清和猶是器偏於所執不相通大成之德該全體萬理同歸一貫中

貴貴尊賢

貴貴如天禮極隆無人更識下賢風豈知坤位居乾上天地之交泰道通

天位

天位待賢良有以理天之物治天民近来職掌歸西
卭不是朋親即富人

儆較

道體從宜無害義不容外物獨遠時未能稿食弃泉
飲咽李哇鵝豈可為

為貧而仕

君子入官須事道仕而非道似非常抱関擊柝雖卑
賤職分終然不可忘

尚友

賢聖雖亡心不死詩書所在即其人大人取友無今

古天地中間一性真

杞柳

梓漆椅桐質本奇用而為器始皆宜倘令杞柳非柔
順未必桮棬可得為

湍水

湍水縈迴隨所决亦須順道乃從流若非所性元趨
下料可東西决得不

生之謂性

理氣雖然不可無形而上下有精粗槩將動作名為
性天地同為牛馬區

義外

所長之人雖在外敬之之道自中推可憐告子灰心
久禮物昏迷不自知

食色性也

食色雖然人固有原於形氣所由根苟徒即此名為
性太極之真已弗存

有物有則

大而天地無邊際細入無倫極耿綿一器之中涵一
理隨其所在莫非天

理義悅心

芻豢膏粱嗜不休悅心之樂孰能求倘知理義真滋
味陋巷簞瓢豈足憂

牛山

氣化流行出一元生生之謂自天根倘無斤斧牛羊
累觸處均沾雨露恩

夜氣

氣無所帥任萌奔東騖西馳利欲昏人事才停機械
息天心無間本真存

一暴十寒

一粒微陽稍兆和嚴凝莫奈雪霜多天人勝負為消

長造物其如所息何

舍生取義

義在耳心自殺身人情天理此為真誰能出沒乾坤裏長作偷生負罪人

求放心

放豚無迹競西奔着意追求孰用功惟必操存能主敬依然不離這腔中

養小失大

為尭為舜配三才功用都從此處来顛倒反為飢渴惡迷輕失重亦堪哀

心官則思

心嚴內主役群形百體欽承順令行若失所思隨欲動反為形役自紛爭

天爵

天爵在人非我有重輕取予係於人要知良貴人誰奪德義尊榮本自身

仁熟

雖然仁道係心根熟處工夫在所存惟是日新常不息取之左右自逢原

堯舜之道孝悌

堯舜巍巍道極隆豈徒行止疾徐中事親敬長根天性愚智由来一本同

生憂患死安樂

路向平夷多折軸或因危阻遂安全吉凶豈必皆由命畏玩之中各有天

盡心知性

心具良知所性根若非窮理亦能昏心須物格無餘蘊藩蔽開除本体存

存心養性

心體能存無走作油然義理自中生更無物欲相攻

代萌蘖欣欣競向榮

事天立命

窮理知天所性全存而順事沒而安保全是理無咎
失所受於天或可還

正命

脩身盡道素無愆變故之來出自天比叔見剌申子
死亦皆義理所當然

萬物皆備

一性之中兼萬善人人無欠亦無餘倍蓰什伯相為
遠性分之原豈有殊

人不可以無耻

耻字在人為甚大根心羞惡不容無所存所失分岐路為跖為堯遂两途

過化存神

德既能明效自充黎民皥皥变時雍神功妙用渾無迹只在純而不已中

良知良能

孩提親長根天性堯舜由来共一初情欲既趋天者滅反疑性惡復何如

天民

皇天賦予各成形萬理兼該備自身所謂天民非有
別能全所賦以為人

不愧不怍

已私淨盡復何為觸處逢原與理隨心廣體胖無所
累浩然之氣未嘗虧

執一

事理紛紛千萬億豈容執一以為中聖賢心術無偏
倚只在能權識變通

井未及泉

井深九仞已勞功未及於泉等是空學問乖成還自

棄有為何異不為同

踐形

理苟非形何以具有形有象即其郛非能盡性充乎
體空守人間血肉軀

時雨之教

善教惟迎欲發機神方啓沃妙乎時沛然化境無留
滞弄月吟風自不知

親親仁民愛物

仁體雖然無不愛當知貴賤與親疏誠心應物寧容
偽天性由來一本真

當務爲急

道之所貴通全體何暇區區旋較量惟是綱維無所作千條萬目自分張

仁者人也

真精二者合而凝形氣中涵太極真道即是身身即道從來道外本无身

山徑

山徑之行才不用依然茅蘗長荆榛人心須刻無容放稍或遺亡欲遂生

養心寡欲

心體自然安用養多因迷欲易成昏但能寡欲無私
累本體清明理自存

善信美大

善得於心皆實有本根直立已無虧美而且大并神
聖熟後工夫出不期

聞知

神知不在見知聞氣化流行一本存軻後誰言無復
有遺歌依舊起龍門

毛詩

甘棠

一時决訟憇棠陰底事南人惜到今德化及人仍及
樹止緣當日本根深

桃夭

一桃夭夭灼灼華滿前萬善意無涯春風比屋宜家
子誰識樞機在一家

小星

名分存存不敢忘衾裯来往幾星光尊卑高下雖天
秩小紀終須屬大綱

緑衣二首

正色吁為間色侵凄風絺綌自悲吟酌中循理聊區

處底事先賢共此心

人倫萬變若輪雲一片天心久付人但把綠衣篇細

看末章意思藹如春

栢舟

身似栢舟無倚着心非席石可推移威儀不被憂心

亂始信生民有秉彝

谷風二首

從一真心出自然每於勤苦見貞堅細看行道遲遲

處足驗民彝得自天

幾年游泳與方舟一旦同心反作讐若是人心多阻

隅滿前珠玉不知收阻我德者蔽於新昏於我之善處皆不見也賈用不售者賈若賣也謂復作意用心鋪陳其善使之知之求以感動其心而蔽惑阻隅之深雖賈之亦不售也人心不可有所惑也如此賈字尤是委曲求合之意是亦可謂柔順貞一者矣

先生潛心經學有所感觸多發之詩以授李
徒使之諷詠優游以自得之耳故於四書五
經為詩無慮數百餘首惜當時未有梓刻傳
之弗廣載經兵燹家藏稿本多漫漶亡逸尋
兹訪得散軼之餘僅有大學中庸論語孟子
毛詩總若干首録之如右讀者因其詞繹其
旨庶乎有得焉亦窮經一助云爾閔文振謹

誌

石堂先生遺集卷之十九

石堂先生遺集卷之二十

宋寧德　陳普　尚德

絕句七言

詠史上

有虞氏

天生瞽叟非無意，帝降娥皇更有心。萬點歷山煙雨淚，後來化作幾曾參。

不瞽叟不不足以教萬世父子，不象不足以教萬世兄弟，不羑里不陳蔡不足以教萬世處窮達，不顛回不足以教万世處生死，不伯夷叔齊不足以立天地之常經，不伊周泰伯不足以盡古今之通義。凡此數項大節，自若天所爲。洵惟末二句，即孟子瞽叟底豫天下化四句之意。

夔垂

卿雲華月麗衣裳摶拊初登下鳳凰竹矢區區天亦愛河畜相伴到成康夔垂之才如此所謂五人者可知洵惟書曰后夔典樂垂作共工首句樂容二句主樂声

夏后氏

執法庭堅亦太堅兩朝縞負總無緣何人有子如崇伯被滌犁牛騂配天夏后郊鯀洵惟詩云兩朝縞負豈言舜有瞽叟禹有鯀然舜雖惡似犂牛之雜文以禹之賢啟父之過被滌之以祀天故礼曰夏后氏郊鯀

伊尹

萬物權衡在有華孰稱社稷與君民君王亦有桐宮去寄語南巢莫怨人

泰伯

斷髮雕肌費一軀岐陽萬國布黄朱仲雍不解兄深意季歷携昌亦到吴叔齊之去以有仲子在焉王季不得遜以仲雍之亦去也

洵惟黄朱諸侯之服

周公

仲尼齒髮正強時夜夜神交似故知話到子孫郊禘處幾回對榻共攢眉不識聖賢心事故古今書傳所載多不識其真僞

洵惟孔子盛時常夢周公欲行其道也然周郊以禘五年一禘王礼也今成王特以賜魯以祀周公

非矣故春秋書鼠傷牛耳識周公之不享魯禘則公之心事白矣

尚父伯夷

春來秋葉在枯枝底用端蓍更拂龜二老東來元並轡馬前何害不相知叩馬鷹揚道並行而不相悖

洵惟此與休言春秋之葉皆從枯枝而發蓍龜之旨同一吉凶之占尚父意在救民念一時之無君伯夷意在尊君憂萬世之無君故先生云叩馬鷹揚道並行而不相悖

齊桓公 二首

關雎澤竭自師陘直到瓜丘盡六經户外流虫爭掩鼻當年已作鮑魚腥覇始於桓公極於始皇二人之死皆不得棺斂

洵惟關雎王者之風也伯圖興王澤竭自齊桓周師于陘始然始于齊桓流于秦始皇之焚書坑儒

二人俱不得其死齊桓五子爭立尸久不殯流虫出户其臭先作始皇鮑魚之腥矣天道禍淫如此其酷哉

葵丘霸氣若虹霓東畧何緣遽不知宰孔晉侯相遇處齊桓已作在床尸五霸齊桓最盛而宰周公晉獻公相遇遂言其衰者内不修德而外有驕色也不修德則無本擠之則易傾况又加以驕哉

老子。

瓜葛非徒李世民牽藤引蔓百千身周時柱下霜眉客今作書符呪水人老子其流之弊至於書符呪水釋氏之弊至於無父無君君孔子後世不依者其弊亦多

季札

鸑鷟無聲皇極差消磨人物百千家姑蘇無限騷人

楚不罪延陵罪浣紗事之失正者皆足以亂天下亡國敗家

孔子

絶糧之愠鮮知德浮海之喜無取材子思孟軻緣底

事列之舜禹與顔回洵惟子路一知聖人之道子思見知孟軻聞知亦與顔子同知聖人之道殆猶舜禹之真知堯舜也

宋共姬齊孝公夫人

火來秉節正如山弟喪何心在世間身似泥沙心似

玉水中火裏即渾閑宋共姬魯女宋災火及姬宮姬曰婦人無傅毋實不下堂遂死

齊孝公夫人車敗暴露欲自殺從者持之得免

洵惟身似泥沙心似玉以心重于身也盖百年易朽之身萬世不朽之心心喪身特血肉之軀矣共姬夫人其真知所重哉

荀息

三怨盈朝積不舒奚齊卓子釜中魚區區荀叔若乳嫗智畧無稱信有餘全德全材古人難得但一節足爲世教聖人皆許之此荀息之死所以得書於春秋也獻公未死一國之中皆二子之黨也其畜有年矣奚齊卓子之危荀息皆肯爲之傅受獻公臨終之命爲之盡力荀息之智其不足稱者矣及里克殺二子荀息必踐其言不負獻公之托斯則君子有守無貳忠信不渝之道此夫子所以取之也正如子路仕非其所而結纓一節亦可稱至怨古今之所難忘而仁義之心能不滅亦足爲三綱五常之助矣

屈原

仲尼死後百年期定把離騷繼四詩占斷江南烟雨綠歷山窮子與湘纍

洵惟先生惜屈子生在仲尼之后使其在仲尼之先必取離騷盖舜之孝屈子之忠誠占烟雨之綠

豫讓三首

義士忠臣不二君漆身吞炭欲成仁若謀委質求親幸又抱奸心賊大倫

幾多礪節與輕生猶有絲毫在利名青史千年惟豫子誠心大義最分明

荀息無裨晉獻公豫生如許智宗空古人才德難求備大節初心要始終

石奮

三晉崢嶸虎戰壚中消學語正坑儒石家禮法從何出甲乙諸郎盡鯉趨萬石礼法謹爲漢世第一考其先趙人徙居魏之温漢王出關時石奮爲河内小吏年十五漢王見其恭謹以之爲中涓召其婦爲美人後遂居長安戚里然則石奮之生正當坑焚之日其長也在刘項之間當是時也齊魯之郊固爲秦矣況三晉之人乎然則石氏礼法豈非所謂不慮而知不斈而能哉奮長子建次甲次乙次慶

廉頗藺相如

長平霜骨白皚皚廉藺羞顏似濕灰白起殺心如未謝二家隨壁獻章臺長平喪師時廉藺皆在

子思

俎豆迂疎仁義遲上傳下授統如絲薦才莫謌非家法救世寧無爛額時

即墨大夫

清淺蓬萊幾度桑紛紛斫石底心腸項梁劉季相逢日即墨大夫頭未霜秦威燕伐齊即墨大夫之言即陳勝起蘄以後天下之勢也當時不用十年之後一如其言者秦之惡未熟天之曆数有所歸也

戰國

千秋萬古定于一豈有乾坤屬虎狼六印蘇秦壽如石山東終作一阿房孟嘗平原信陵皆曾破秦古今借其不勝然以孟子之論觀之終亦必亡而已矣

太史敫

戰國紛紛似亂麻鈞絲誰記舊穠華召南禮樂棲何許故莒城中太史家戰國之末而有太史敫之執礼法孰謂孟子迂闊哉淖齒之亂湣王子法章變姓名爲太史敫家傭敫女與私通法章立以女為后敫曰女自嫁汙吾家終身不見洵椎太史敫女與湣王子法章私通後雖立以為后敫以汙吾家法終身不見真有契於召南穠華鈞絲之義矣戰國有是人性善可徵也哉

赧王

世歷綿延四百秋死蛇枯竹附諸侯末年隆準生豐沛誰道嬴秦是繼周漢高祖年六十三追數其生年當赧王入秦獻邑年也竹死不枝蛇死不蹶出潛虛文

洵惟當振王入秦獻邑時高帝年六十三以漢繼周不以秦也考之歷代帝王圖漢宜置秦於閏位宋宜越五季以繼唐而勝國又為我明之閏天地大分豈若此哉

商鞅

此天此地此經文學者何嘗溺所聞盡道李斯焚典籍不知吹火是商君商君說孝公變法首云常人安於故俗斈者溺於所聞坑焚之禍已兆於此

秦皇二首

閟道飛䡴拂若枝東門看日浴咸池生前有力移天地死後無人弔席帷若木日落處也○始皇立石東海朐界中以為秦東関

洵惟始皇不道與木工於極西動石工於極東使天地之財勞萬姓之力故死于沙丘天不為歛凶

江神返璧事何新海若湘君亦伐秦一炬東來燒不了更勞墓上牧羊人牧羊卽宫殿成爐〇沉璧而江神不受褻與海神戰而遇風是以見鬼神之怒矣地上宫室焚於項羽地下百司宫觀盡於牧羊者是造物欲藏其跡不使留於天地間也

李斯 三首

大華終南只麼青渭流一日肯爲涇豺狼不食茅焦肉水火安能熄六經六經者人心也天理也始皇不殺茅焦而李斯欲藏六經得乎

抛郤韓盧把虎騎諸生莫訝止忙時魚龍不隔蓬萊路方有東門逐兎期坑焚之禍患失之心也神仙蓬萊斯亦有志焉蓋其爲古今未嘗有之事故亦欲為古今未嘗有之人幸其萬一得說於禍爾

李斯何敢妄坑儒但作逢君固位圖造物欲爲儒報德故教草草殺胡蘇坑焚之事李斯本求以免禍而禍不可免也扶蘇得位李斯當不死李斯亦豈有殺扶蘇之心天欲戮之故使之殺胡蘇於迷茫倉卒之中蓋惡不可爲而罪不可逃必殺扶蘇而始皇李斯得族戮矣洵惟蘇死則斯戮而秦祚覆矣要之皆天也

蒙恬

劈碎嶠潼坼大行才通腥鮑到咸陽地后山靈恩報德故教蒙殺去轀輬始皇李斯蒙恬之死秦之死亡皆天地鬼神所爲人事假手而耶

鄒衍

水月咸陽霜亦飛五行正是水昌時族秦自有談天衍不用陶朱與仲尼鄒衍始爲五運之說秦乘之爲水德色尚黑用法刻急

漢高帝八首

氣力才勝野外儀情懷頗樂沛中兒兩生禮樂留侯著此事而翁却自知洵推綿蕞野外特以止其繫柱之習酣歌沛邑不過思其猛士之才要之帝王經世之謨皆不在是也故兩生之礼樂子房之八難委之末由也巳

詩書禮樂敢忘欽自是而翁力不任莫把溺冠輕議論要觀過魯太牢心高帝所溺冠皆腐儒也所慢罵皆不才也洛陽陸賈酈生輩一時之利皆腐儒耳張良則不嫚矣其取用糾合不過以就一時之功不謂人才止於是也張良書八

難皆武王之事則自謂不能叔孫制礼使度已所能行爲之此皆知有向上曆之事但自以平生放蕩氣習已成不可鞭策帝王之得天下已非所敢比擬帝王之礼樂亦非已之所能故就其下以聽命此高帝之實心不以告人惟張良默會之耳洶惟高帝不事詩書溺冠慢罵氣習之染也太牢祀孔子天性之良也有此天性是有王者之資使加以王者之斈輔以王者之佐則漢其純王之治而湯武可幾矣夫何不事詩書無王者之斈張良微慢罵之風不久漢庭失王者之佐縱有王者之資特天理之暫萌矣習狎既久故態悉見漢終于雜伯而不能窺王者之治可慨也夫

煨燼三王不復收子孫大辱辟陽侯無邊智力皆騎虎高絕還能四百秋

金劍可愈不容醫應念丁公相虎時不賴西風吹楚

卒千龍萬虎亦何為高歡不得毆部則死於賀拔勝孫權不得谷利則獲於張遼丁公盡力於項氏則高帝必死彭樂盡力於高歡氏則宇文泰必禽此雖有天命而已危矣智力把持高帝家法也然致之皆是死中得生漢以來英雄一一皆無有以垂拱而得之也二帝三王安得有許事不由易簡之理所以天下常不如古麒麟不來鳳凰不至皆為此也

扶創褁血過家鄉四顧何人守四方梁楚淮南殘一國山河爭屬將狼羊韓信彭越黥布三人生前不盡禽則死不得瞑目而國家之憂方大矣盡禽而後死是亦天命在漢處高帝有見於此故身與國皆付之天却醫不使瞑目無言及呂后問始薄吉數人亦聊為區處耳存亡成敗固不敢自知也黥布反欲使太子將兵四皓為呂后釋曰此無異於使羊將狼也

羽未禽時膽屢寒羽禽不得一朝閑卯金四百年天

下却在雙娥一笑問鴻門彭城滎陽幾死於羽者數矣戚羽之後六七年中反者九起自將者七殆死者二黥布會而崩未嘗一日暇也身後之事不立代王則漢亡矣要之皆天非人力也文帝生於魏王豹宮二夫人一笑覸嬙姬與管夫人趙子兒相愛約曰富貴毋相忘及二夫人先幸薄姬歲餘不得見帝二夫人失約帝問知之遂召幸生文帝

一帶陰山浪引弓運移婚媾一朝通英雄白首消磨盡卄與梟雛作婦翁古者華夷軒輊遂絕漢以來遂如衛石賓起於漢高帝困白登歸遂與匈奴和親故黥布謂不能來蘄西之戰亦似強弩之末矣故過沛有安得猛士之思志氣血氣於此可見矣和親在高帝七年

欲來不解自操持白日明庭抱愛姬世世降的從何處起醉眠王母二家時世變人心君德治道所以遂降而未能超若成於漢高帝也自

春秋戰國至秦衰降極矣然去古猶未遠使高帝知古帝王之斈亦可以漸变而復升不幸高帝但恃智力豪武足以持世不知脩身建極之道外雖覇有餘内惟欲之從後世承之遂以成俗生民耳目至今不見二帝三王之治皆高帝之故縱實成之此事蕭曹不能知惟張良識之而不言亦以其勢則然不可與言故耳覼前箸之籌可見洵惟建極之君於白日明庭而眈佚欲如是果何以作四方之則而會萬民于極哉此世变之所以日漓而終不能望二帝三王之治者有以夫

呂后

酩酡樽前氣似虹朱虚酒令却相容王陵平勃渾無策安漢當年一觸龍子房周昌皆以護太子有德于呂氏當呂氏殺戚姬如意二人皆可容力能如左師觸龍之於趙太后從容開譬殺其怒心迎其善意呂氏當少平和其毒應不甚

烈观其不罪刘章不信吕須之搆陳平惠帝時不能王諸呂及自臨朝𦂳徊顧慮而后行則亦未為不可曉譬者周昌戇踈無李子房亦聽之何也王諸呂時平勃能繼王陵其事必可止況左師觸龍之宛委乎高帝時子房遂棄人間事吕后時正色獨一王陵豈天欲稔呂氏之惡以待代王之立邪

項羽 五首

齊王元在籍軍中萬馬朱幩照海紅垓下相逢堪掩袂更何面目見江東齐王謂韓信○垓下之戰信自將三十萬與羽對斬首八万強顔使武涉往說復不見從盖可羞矣○羽垓下相對極力一戰猶能却信兵及信再進遂不可支吾而大敗平生未嘗有此衄也其夜悲歌曲調氣萎而明日死

試手襄城意未怡赤城稍覺味如飴必亡定死終無赦斷自朱殷海岱時高洋不殺人則無以為樂項羽資性殆似之襄城無遺類[illegible]

之一快也方咸陽得志之日已自為天下伯王時矣區區婦人之仁稍出以番天下心可也乃復殺青齐何哉其為天下皆棄不予盖决於此時不但以弑義帝也沐猴而冠可謂一言以蔽之矣

牧羊義帝實妨賢猶有三綱共畏天樹楚擊秦宜奮發惡名何事苦爭先

羽不知顧忌於環視不敢下手之中而勇猛為之故不義惟項氏為最東莱吕氏曰項羽弑義帝是為高帝做了不好事

倚強恃力却誣天一樣人心萬萬年廣武十條逃得過烏江政自不須船

漢楚刘項之際所謂君臣皆一時凡合非有根株磐石之固習力相乘惟利是務視信義無復有也能一朝推戴之則為君叛殺之即為賊一言為約守之則為義背之則為不義至其末也存亡起滅亦往往而出之可見礼義之心極亂不能忘而天地鬼神之照臨無時不在也

梟性狼心亦有常青齊仍復似咸陽遺黎到處無餘
類欲為何人作霸王

太公

山河如許但淒凉恰似新豐太上皇千古漢高眞磊
落片言脫口幸咸陽

田横

宗族幾為孔子焚為秦未幾又為塵田横更欲横河
岳不把英雄讓與人

蕭張 二首

漢高禮義大陵夷械到蕭何更有誰惟有子房雲外

客不稱名字冠當時蕭何為漢功臣第一信不虛高帝之智固不但以關中給餉而已帝往往疑之者見其材雄恐其有異心也特以無高風爽氣無深服帝之者

晦迹功曹不受徵興亡事已若丹青世間儘有文章客誰信龍蛇尺蠖形蕭何勸高帝入漢中純是尺蠖之勢其為功曹吏卒時固辭御史之薦亦此意盖豫見秦必亡不可仕當別圖風雲之會也

張良 四首

乳口揺牙向白蛇一朝電拂博浪沙下邳不得編書讀帷幄何妨佐漢家

撩亂龍蛇掌上爭罷來閑掉四先生一棚兒女皆煙散留得松風萬古清

本是山東忠孝門邳金社稷暫相煩君王良會青雲
意長樂鍾中無一言
大公行輩赤松流伍叔孫通了不羞好謝君王深體
識不將身後累留侯子房素志已畢而不去者遇合之情有不忍也漢廷群臣本非其伍而子房無所不可故高帝擊黥布時與叔孫通共傅太子且處其下然則韓信羞與噲伍小人之量也子房卒於惠帝六年漢事尚堪付託吕后萬歲之問高帝歷舉數人而不及子房蓋知子房素志生前遇合聊可相從身後之事不足以辱之矣

蕭何

三人斷盡楚関梁一訟雄呑十七王高帝功臣總功
何漢家無爵賞蕭張

淘相此豈是定元功十八侯位次二人俱帷幄之臣故不及

韓信 三首

良日登壇計策行酸鹹甘苦共盃羹不須握手私陳豨聲反倏武高眠已合烹登壇之日君臣之位已定雖時礼義未明然項羽以弑逆亡高帝以縞素與韓信目之則三綱不明死有餘罪尚何言哉

群龍共帝牧羊兒縞素能開四百基蒯徹亦生天地裏欲將口舌奪民彝高帝韓信之君臣與義帝沛公項羽之君臣其輕重厚薄為何如信與高帝若子之於父手足之於頭目也高帝知人見事無所失信能以臣道事之則金匱玉室與漢終始矣蒯徹反覆深切而終不行則天命人心已可見惜乎其不能深思而疾改也

蹀血中原不用驕論功何似禹乘橇始終兩漢無留

蒿誰與塵編慰寂寥高明深厚則為禹之不矜伐淺薄無斈則為信之矜功負德古今人品度量之相絕如此蓋亦不思不斈而已

曹參

人彘風腥起兩宮艾豭歌唱滿秦中酒壺不但容齊獄時事方宜用蓋公曹參斈蓋公得老子和光同塵之道施之當時適為宜爾

四皓

長樂卮前露雪眉岩花亂笑出山時有人拍手瓜田裏來往青門總不知口卯平高於四皓洵惟先生曰卯平高於四皓以其不當出也考亭嘉其得納約自牖之義為其扶綱常正人紀大有關於此行也豈先生意終于隱而于此不屑耶

兩生

少年賈誼空多口老大申公繆一行曾識當年二君子閉門不受叔孫生

高帝以倨肆無礼取天下風氣以成子孫不能易故高帝曰度吾所能行文帝曰卑之無甚高論宣帝曰漢家自有制度皆不害所謂自知者也賈生申公誠不知時務矣賈生為人大抵躁率飄忽不知樂天知命操心養氣之斈故一不得志則悲愁怨嘆發於言詞感致異物梁王墜馬死誼至愧恨哭泣而死是於聖賢君子之斈悉未嘗有聞也

叔孫通

劉項權將作狗偷誰能撩虎又摩頭漢王不是坑儒主頸血依依是可羞

楚元王交

荒蕪新語不堪聽猛士淒淒比鄙聲楚醴不延風雅客詩書猶未脫秦坑元王高帝母弟愛書好儒不類其兄漢家詩書氣習自元王始

伏生二首

撐腸拄肚總聱牙漢室龍興髮乍華掌故不來光景暮尚書再火伏生家秦亡漢興詩書之禁已弛陸賈稱新語楚元王交不釋卷伏生時方七十餘聰明未衰史又稱其教授齊魯尚書乃無一本在人間何也至文帝時遣晁錯求之始以口授又止二十九篇然則伏生之於書也淺矣

竊蹶劉興齒舌存百篇大義儘堪聞孝文無意脩王制古典重遭伏勝焚漢以來儒者不知道只伏生便可見漢興苛禁已除元王好詩書聚儒生談風雅陸賈造新語伏生年未七十談生博士猶有存者使伏生知尚書為載道之籍雖

不盡記預藏必能旁搜博訪復其舊以惠來者尚惠兩帝十四年呂后八年至文帝遣晁錯時漢興三十年矣挾書律除已久而尚書乃無一本出齊魯間及晁錯來才使女子口授又只二十八篇然則伏生知尚書為何物哉

文帝 五首

二兒並轡入公門傅局紛紛啓禍原不及賈生何處是邪將禮法教兒孫

太子梁王共車入朝不下司馬門正犯賈生所謂過闕則下者

景帝在東宮以博局殺吳王太子使武王為天子周公為冢宰成王為世子而東宮有飲博殺人之事則武王周公當何以處之古人以為變漢人以為常古今王伯之分此類是也

性習由來係正邪古今誰不道蓬麻無人說與吹簫相竇薄淮劉本一家

淮南厲王之死薄昭之誅吳太子之死吳楚之亂梁孝王之驕

恣淮南王衡山王之叛戾太子之稱兵皆以無良師傅與任使姦人同國而然周勃灌嬰懲呂氏選有節行者傅之竇廣國弟兄遂為賢戚燕王旦求入宿衛武帝曰生子當置齊魯礼義之鄉乃置之燕果有爭心然則性習邪正之說漢之君臣非獨賈生知之也使當時能充其說先之天子太子而槩之貴戚諸侯王漢其三代矣明於此而暗於彼得之一家而失之天下可謂斷之不遠矣

鄧氏銅錢張武金至公終淺愛終深東西兩子皆稱

蹕未饜憐兒老嫗心漢家無制度成於文帝諸呂既誅賢君初立天下無事漢業已安此時而不定經制則已矣其政悶悶其民醇醇此孝文所力行者愛一幸臣至於娯戲殿上賜鑄錢滿天下則竇太后之愛梁孝王之驕何足怪哉張武賜金鉼曰愧過亦代來人故爾

睢陽東苑三百里中山後宮三百人漢家制度無窮

極僅有寬仁不是秦梁孝王竇太后少子有寵出入稱警蹕築東苑三百餘里廣睢

陽城七十里治宮室為複道三十自雎陽屬長樂以朝太后中山王勝景帝子後宮三百八子百二十人洵惟文帝躬行節儉而不能禁之子孫

文杏沙棠代代殊露臺不作作阿房古來堯禹卑宮室不為丹朱與太康儉而無制度則積財不用秪為子孫泥沙之資矣有仁心仁聞而不行先王之政善惡相去幾何文帝聚之於無用武帝散之於無道豈所謂輔天地之宜者乎

周亞夫

西來三十六將軍業業孤城勢欲焚細柳不逢豪傑主當時已驗口從文細柳天子不得入將軍不拜遇高文二帝皆賞之遇景當得罪吳楚反時壁昌邑不戰是也然梁圍甚急竇太后甚憂梁求救甚哀以一偏軍次梁近郊分吳楚之勢紓梁之力何為不可乃一切不救使梁無韓安國張羽孝王死於吳楚竇太后不峯著亞夫措身

◎

何地終於倔強致禍其祖於細柳之役乎

洵推當時或相之曰何年當封侯何年必餓死以口傍兩邊有文故也故曰口從文

李廣李陵 二首

茂陵無忝太倉陳槐里家傳本助秦萬落千村荊杞

滿隴西桃李亦成新

漢武疲四夷凡為之驅馳者皆勒緤也廣陵衛霍所忌而必欲求用殺身亡家則因其所山西氣習君子不道太史公以桃李不言下自成蹊贊之亦非君子之言

廣秦將李信之後陵廣子當戶遺腹子也

祈連天幸時難再槐里侯封命已奇文景餘波涓滴盡延居數出欲何資

景帝 二首

宗廟誰開內史門臨江依樣又穿垣愛妻嬌子如泥土鼂錯何知獨恃恩鼂錯穿太上廟垣而無罪臨江王榮穿太宗廟垣而下獄愛之則小臣欲其生惡之則愛子欲其死漢書以成康稱之過也

賜帛寬租澤未休四方緩急有條侯餘威不賴刳蛇劍倉卒誰梟老濞頭洵惟此為殺周亞夫誅

賈生二首

衣綈英主首祠汾他日燕齊盡羨門玉瀣聲中聞底事又將前席待新垣文帝猶有鬼神封禪之累况武帝乎宣室之問賈生具道所以然帝夜半前席有不及之嘆然不數年而渭陽汾陰之事起貴新垣平至上大夫苟非帝之得於生

者淺則生之言於帝者有未盡耳

落日長沙被鵩驚，愁來強把死生輕。洛陽才子何多涕，太息沾襟過一生。

賈董

賈董聲名甲漢儒，到頭事業有差殊。五年大傅何飄忽，不告梁王肆夏愁。能言而不能行，蓋常飄忽而無安重謹詳之素故也。董子歷相諸侯皆有狀，賈生為傳獨無狀，不知正身以格物也。

晁錯

誰人能奪侯氏邑，何德敢隳三子都。內史自侵漢家廟，未須削楚更哀吳。

張釋之 三首

厖器山陵刑措時釋之而後固無之公車不作他年計聊使君王識教兒

帝舜登天四海臣可憐生殺不由身持平第一張廷尉更聽君王誤殺人

塵編今古幾咿嗄多少君王共御囚自古君難臣不易釋之片語慎千秋事見魏明帝青龍三年

武帝 十首

二十嫖姚風火飛鑾輿夜夜過焉支茂陵不費凌雲氣鮮見蟠桃着子時去病封侯時元朔六年年十八元狩六年秋卒年二十四

洵惟此言殺人多故不壽也昔韓信臨刑罵天仙人雲語曰九里山前排一陣殲尔青春四十年俱是辦見蟠挑着了

咒食諸公盡咒烹閭閻豪傑斂縱横帝王自擊南山

豕慙愧端非聽董生洵惟董子天人正心以正朝廷數語

生子曾知置齊魯自身却愛近何羅六鰲不戴林光瑟覆轍相尋似犬蛾江充族戚馬何羅惧反謀為逆久不得發上幸林光宮何羅袖白刃從東廂上見日磾色变走趨卧內觸寶瑟僵日磾得抱何羅禽縛之帝或不幸弗陵不暇立霍光不暇托身失令名而漢之社稷危矣

[illegible]車不足筭緡來桑孔咸陽柔茂材一撮茂陵無兒

處建章門户至今開元光六年初算商車元朔[illegible]詔民得買爵贖罪置武功爵元狩四年造皮幣白金置鹽鐵官算緡錢舟車六年楊可告緡錢徧天下分遣廷尉正監治之元鼎元年置均輸三年令株送徒入財補郎五年列侯酎金輕奪爵一百六人天漢三年榷酒酤四年令死

贖金

先帝齋宮内弄兒阿嬌金屋篡歌姬披香博士真才子劉氏家傳郤未知平陽公主謳者衛子夫淖方成帝時陽歌者趙飛燕女娣

錢多愛子出蕭關山積胡沙骨未還好把望思臺上淚隨風北去洒陰山

詢推首二句指其昏迷故習末二句觸其惻忍良心

文帝端能殺少翁景皇不解斬常融正心數語深加

意位在三皇五帝中

起上林苑賞方朔發會稽兵惜虎符君側此時三四

輩盡移東海換江都

狄山不能居一障公孫請專事朔方尊榮衛霍家山

岳冷淡申轅頭雪霜

五十餘年四海波建元三載盡征和中央寸土總無

血沃日澆天瓠子河 武帝起建元三年發兵救東甌 起上林苑盡征和四年罷方士

罷舊輪臺壽天 下九五十年

洵惟末二句豈是昆明池習水戰處杜云昆明池 水漢時功武帝旌旗在眼中此勞瘁多少人力共

旁天下更 何如也

汲黯

東北民思虀主父西南人欲粉唐蒙漢家社稷何依
倚黯直龍睫一病翁

夏侯勝

夏葛冬裘事已殊茂陵禮樂議何迂去周未遠真淳
在莫把公孫例漢儒

董仲舒 二首

好古劉安豈逆儔左吳枚赫蒲諸侯仲舒到處皆狼
虎妥帖馴良獨到頭江都王非武帝兄素驕膠西王端亦帝兄尤縱恣仲舒相之皆正身率下所居而治淮南王安以好書博雅為武帝所重至謀逆與反國同誠習與不正人居故也

孟軻死後性董子道義兩言擴古今性善七篇何落落千秋不遇一知音繁露內篇專非孟子性善

申公二首

鶴髮東宮體孝文明堂服色謾云云力行到底終何似不逮躬行萬石君竇太后之言如此

片言不合去何遲又似當年在楚時束帛蒲輪無報効至今天子不迎師

霍光二首

井田學校竟終天鹽鐵舟車訖萬年隔絕古今蕭與霍空勞孔壁出塵編

幾度咸陽累積尸盡緣丘冢似焉支覆車愁殺張車騎印綬臨身必十辭

張湯公孫弘 四首

張湯絶似公孫子一樣奴顏褁禍心不賴汲生如日月漢廷誰與破幽陰張湯奸似公孫弘汲黯皆破折之故惟正人能格物

漢武秦皇代有儔姦人常緩釣魚鈎公孫不但能牽綴巧計循工毒上流

茂材異等竟無聞教耨明耕却有人能旱能風須記取漢家元氣太宗仁

漢朝獨有舒與黯何物梟心欲食之六經千載無生

氣斷自齊人作相時秦漢以來儒臣不為世重自叔孫通公孫弘始

主父偃

當年齊趙倚黃昏曾歎蒙恬戚子孫一日上天沾五鼎依然韭粟度龍門

倪寬

親媚張湯似諂居阿諛天子過相如漢儒箇箇公孫子不墜遺經一仲舒張湯深文而為之飾以古義武帝封禪而諛之使制儀

張騫

風沙霜雪十三年城郭山川萬二千漢馬死亡宛馬到萬人怨怒一人憐

張敞 二首

西漢長安周鎬京終南天秀八流清趙張無異曹參

醉總不能平二國爭

章臺陌上試金鞍文君鏡中描遠山黃霸功聰王吉

老五日京兆得偷閑

衛青

丞相含沙作短狐直言長揖黠何孤相容幸有兩人

在帝與侯家老騎奴

金日磾 二首

騋皇千萬去無歸傳得麒麟作麃廝一片獸心猶自

在建章殿下食其兒子與宮人戲遶之見矣殺之過也
牽馬胡兒共擁昭同功同德不同驕麒麟閣上塵埃
面羞見芬芳七葉貂金日磾優於霍光日磾子與宮人戲而殺之光妻獄后而不誅
武帝欲納日磾女於後宮日磾不肯光以甥女為昭帝后已女為宣帝后日磾以禽馬何羅功遺詔封侯不受光則不惟已之封爵一無所辭子弟姻戚布滿朝廷漢家章綬半在其家使日磾非胡人武帝任之不在光下

東方朔

宣室不令容董偃郤容臯朔與相如當時有意清君側雞鞠恢諧總合誅朔臯恢諧相如詞賦與董偃之雞鞠狗馬皆不可使在人主左右也

洵惟大人格君心之非董子正心以正朝廷數語儘有正君意思在卻又不可以苛責也

申屠嘉

漢四十年幾丞相蹶張丞相冷如冰兩京禮樂何堪

自薄有申屠與宋弘嘉非相才然以蹶張之夫公廉正直出於天性自蕭曹平勃灌嬰張蒼以至於嘉才各不同以德論則嘉可尚矣其折御遍與東鄰宋弘責桓譚事相類

蘇武

伏匿穹廬煖意回子卿一夜夢陽臺歸來不與曾孫議未必麒麟生面開

洵惟此詠多少涵畜先生清心寡欲人也玩夢陽臺話似有不滿胡婦底意

黃霸

鳳凰不一到尼山獨爲宣皇不少慳圖畫紛紛上麟閣五年宰相獨何顏宣帝以潁川鳳凰獨多用霸為宰相五年又見在位而不得圖畫股肱之列宣帝用而不貴黃霸辱而不去君臣皆失其道者也蓋宣帝以鳳凰欺世霸相與為欺者始以虛偽相之故其終不之信麟閣十一人皆有私恩霸當時具位宰相耳嘗薦史高為太尉宣帝使尚書以越職責之蓋自景帝抑申屠嘉伸鼂錯以私怨殺周亞夫繼以武帝喜怒在己摧抑大臣置丞相於散地丞相位輕權微久矣霍光繼衛霍之位專宰相之權獨以大將軍決事自後世世相踵王鳳董賢王莽竇憲梁冀皆以大司馬大將軍擅權柄朝廷有大誅賞宰相莫能爭時入書疏如庶官稍有風節非死則廢矣漢家弊政莫大於此

王褒

彭祖呼噓不可爲碧雞使節豈堪持區區含糗羨藜

厚聊似相如衣錦時

趙充國

五萬消磨作四千羌人殺盡漢人全並生雖愧征苗旅比似嫖姚郤大賢

河間獻王

禮樂將興漢德京活麟天把付鉏商周官千載埋黃壤兩漢如今幾獻王魯哀公十四年西狩於大野叔孫氏之車鉏商獲麟

中山靖王勝

槮木螽斯耳未聞中山無屋貯兒孫臨分自洒黃泉淚不在區區骨肉恩建元三年中山王勝來朝歸國而死然則聞樂而泣者好色喪

生將死而神明奪之鬼耳

宣帝五首

不將法律作春秋安得河南數國囚莫道漢家雜王覇十分商鞅半分周

鬪雞走狗登皇極覽德毛從何許來漢室欲開新室業王陽分合守蒿萊

渭橋夾道上瑶巵甲館畫堂開禍基甘露三年造新室不閑飛燕入宮時甘露三年呼韓邪單于來朝御正殿受之足矣必幸非泉上渭橋使者引單于前行群臣及蠻夷君長夾道稱万歲所以誇天下也以客礼待單于位在諸侯王上不臣毋謁得之者驚不敢卑之之以見來朝之為難也

孝宣不召山陽守痛在糟糠不下堂家國莫先答已子漢人空識抱成王成王有過周公撻伯禽則其所以輔導成王與其刑夷教子者可知霍光擁立之外一毫無有而以周公自居不已过乎山陽守張敞之策鄉善而帝不召以許后之死故也

使民顚顚哭韓楊郡國紛紛上鳳凰太子好儒幾坐廢王陽何用苦談王

丙吉

汙茵馭吏習邊方阿保宫人畏霍光丞相馬前人蹀血病牛何足累陰陽漢初徙天下豪傑於關中故京師之俗世世為豪俠惡少年所苦白日殺人横屍滿道宰相不以無教化自慙偎問牛喘以為已職此豈所以調和陰陽者邪徒知

燮理陰陽而不知論道經邦猶理髮而不以櫛解牛而不以刃也漢家宰相豈足以知此

魏相 三首

賈生晁錯總佻輕博陸營平亦好兵地節三年誰作相胡天漢地各春生

人倫大變歲二百蕭曹以來誰在心相業更生王吉䟽文學春秋猶未深

趙禹張湯網未收外人董偃化方流丞相但看漢故事何但宣皇不用周

元帝

事在兩吸，眼裏身居吞噬掌握中師傅不能為作

主更生空自抱孤忠

蕭望之

石顯深持兩世樞尚書何苦戀中書九原若遇韓延壽祇共咨嗟嘆兩疏望之以枝殺延壽負此一斅而終及諸其身不學之过也

匡衡

鋪陳治道本群經無愧更生與董生不賴王尊作鳴鳳欺天一點未分明匡衡在石顯時無所争死生得失之心也元帝崩始與張譚奏石顯之悪而以群下畏顯過於人主為言害求以自免也王尊一奏始慙懼嘿不自安猶貿於遂非濟悪是亦讀書之力不能自止也

貢禹

殺傅因師不敢言姦人致意遂昏昏明經潔行人如

夢莫把優游議孝元當蕭望之周堪刘更生下獄及望之自殺時貢禹不敢有一言者畏石显也及显使致意深自結納薦禹歷位九卿以掩殺望之之罪禹此時荒怠無攄視石显之罪殆若無有蓋其明經之心本在富貴其末流至此殆不期昏而自昏耳

王昭君 五首

昭陽柘館貯歌兒恨殺陳湯斬郅支胡草似人空好

色春光不到二閼氏元帝建昭三年陳湯斬郅支單于韓邪聞之惧竟寧元年入朝願婿漢以自親於是昭君嫁匈奴五月而元帝崩成帝自為太子以好色聞即位采良家女備後宮綠黜許后班婕尊趙飛燕姊妹以成王氏之乱使昭君綫數月不嫁則為成帝有矣然觀呼韓邪二閼氏為子議立之事則昭君色而胡婦德也

寧胡名號正當時且有安棲得哺兒胡草似人空奴

色青青合為故閼氏呼韓和先娶呼衍王二女長曰顓渠閼氏生二子曰且莫車次

知車斯次曰天閼氏生二子曰雕陶莫臯且麋胥皆長於顓渠所生者單于欲立太子顓渠閼氏曰

匈奴亂十年国未安須立長君我子少不可立也次閼氏曰舍嫡立庶後世必乱相讓久之單于卒

用顓渠言立雕陶莫臯匈奴遂安然則昭君色而二閼氏德也昭君嫁單于號曰寧胡閼氏

洵惟齊桓五子爭立晋文諸子無統袁紹舍譚而立尚刘表出琦而立琮統紀不明人倫乖亂致亡

之道也孰謂单于外夷也二閼氏外夷之婦也而能讓立若此哉嗚呼人倫不明于中国而乃明于

外夷之婦人信孔子所謂不如諸夏之亡也豈直勝于昭君之色已哉

出嫁氊裘得幾時昭陽柘館貯歌兒蛾眉莫怨毛延

壽好怨陳湯斬郅支元帝好德不罡心女色故昭君隱掖庭不得見成帝自為太子

以好色聞即位采良家女以備後宮卒廢許后班姬寵趙飛燕姊妹以絕繼嗣成王氏之簒飛燕本公主家歌者帝見而悅之昭君之嫁單于則以陳湯甘延壽斬郅支單于呼韓邪心懼來朝願婿漢自親而以昭君予之正月來朝二月到胡庭五月而元帝崩其薄命蓋在於此机關樞紐之所發以陳湯甘延壽之故也○振按以上詩三首多有重句然意各有寓故不敢芟除

呼韓骨冷復雕陶夜夜窮廬朔月高為問琵琶絃底話得無一語訴腥臊昭君嫁單于呼韓邪已老三年而死生一男曰伊屠知車斯犢閼氏子雕陶莫皋立為後株纍若鞮單于復納昭君生二女曰須不居次當于居次

甫出車延玉座傾黃金無復贖娉婷騷人更望胡人返不識松楸拱渭陵○王昭君詩人模寫多矣大率述其嫁胡之悲哀而未及詳當時之事也暇日看史見其本末猶有可言妄併數首句法不能及前輩聊備其未備云耳

成帝

元帝齋宮納弁兒阿嬌金屋蔘歌姬披香博士多才

學劉氏家傳有未知平陽公主謳者衛平子夫淖方成帝時歌者趙飛燕女娣曰禍

水戚火

右詩已見武帝下

劉向

白虎明光奏五侯帝鄉寒隔在温汞井泉太乙重招

起聊答青藜照白頭

辛慶忌

虎豹深宮風自寒未央前殿拜呼韓二邊無事將軍

老猶得餘閒救比干朱雲劉輔得免死者慶忌倡義救之也武臣如此讀書士大夫

可慨死矣

彭宣

法度名儒奉東脩帝師禮數亦宜優公卿股慄朱雲劒白首門生忍不羞彭宣風儀似仲舒猶師張禹成帝能之乎朱雲借劒之日為師弟子者亦何顏哉

劉歆

秀國師公雄大夫梓枝何用歎扶踈劉歆父子無瓜葛何惟昌言毀仲舒刘向痛切王氏而歆委身事之楊雄止於失身刘歆重以無父向比仲舒於伊呂歆反其父盛毀之

楊雄二首

展禽未必非龔勝孤竹猶將笑薛方可惜楊雄非桀犬一生終倚桀門墻谷永曰明於天地之性不可惑以神怪知於萬物之情不可罔以非類此希闢之言

德宅神庭孰與遊董賢舜禹薦伊周餘腥用盡桐江水重費寒潭九曲流楊雄是非至晦翁而後定

光武五首

腹上能容嚴子陵面前何不着韓歆迭興知與人何事隴蜀纔平便易心

赤符交錫帝心移不似初來岸幘時浪泊壺頭終落落羊裘男子殆先知隴蜀未平之前十餘年間不聞有过十三年平隴蜀十五年殺

歐陽歙十六年殺郡国守相十餘人十七年廢郭后十九年廢太子强二十年殺司徒戴涉二十五年收馬援印綬三十二年封太山明年崩

丙夜沉沉講未停故人重話舊時燈半篇說命良依約舜典周官總未曾

經邦論道職何卑又是前朝賣餅兒十亂五臣無援席三王四代是何時

光武在位三十年三公二十人下獄殺之二歐陽歙戴涉欲殺而赦之一王梁自殺一韓歆罷免六鄧禹宋弘伏湛李通竇融朱浮畏禍而退者三鄧禹李通竇融其他碌碌卒免惟吳漢以功謹貧不置田宅保祿位三十年用人如此何以為国所謂講論經理者亦嘗見虞夏商周有驟進驟退今年下獄明年自殺之人乎明帝号為好古不能改父之道遂使其後三公無權政移宦豎以亡其國然則建武永平之際所講何經所論何道所斈何斈哉始王莽以哀

章金匱用賣餅兒王盛為四將天下所共笑也光武初興又按赤伏符用王梁為大司空以讖文用孫咸為大司馬群情不悅始以吳漢易咸後欲以罪誅梁夫名應赤伏符而有可誅之罪則所謂劉秀者何足道哉且人情所不悅而與河圖洛書同室抑何悖也

金匱哀章正共哀又將符命議靈臺太山千古黄泉路底事鑾輿愛上来封禪邪說之一其禍害独甚近覆轍相尋蓋未之思梁許懋之論讖善然而未盡封禪所以告成功不祥莫大焉治天下無止法兢兢業業無一日可已苟以成功自居必侈然自大宴安淫泆之心生而禍亂起矣秦皇漢武東漢世祖唐太宗明皇宋真宗皆禍亂死亡相踵無一人受封禪之福也易曰初登于天後入于地其封禪之謂矣此蓋器小慮浅無經遠之計者之所為是乃禍亂之源非徒無益而不必行之謂也

祭遵二首

東山紀律久無闘鉦鼓繞鳴玉匣塵牧野再逢諸葛亮兩堦重見祭將軍
琤琤壹矢椰營春十萬貔貅不動塵世祖功臣三十六誰為帝梈布衣人遵鎖在行伍中亦雅歌投壺

明帝二首

後宮任姒古今希前殿弦歌鳳巳知孔子孟軻貞薄命不生建武永平時陰氏馬氏之賢太任太姒不过如是而已使得覲帝舜文王之則當何如惜光明二帝古率不明不能求賢共治天下有關雎葛覃之本而無麟趾騶虞之應也
盤木白狼紛貢毛龜茲侍子薦蒲萄滿朝虎拜南山壽無一人能作祓禊年光明賢主也皆以志滿不能求永平十七年公卿以遠人咸

服集朝堂上壽越明年而崩年四十八豈盈而蕩
乎使時有賢聖輔之陳州書作孫樊熊逃欲知爲
君之難則以明帝之賢當懔懔危惧不敢荒寧太
戊太丁之寿漢業未可量也章帝三十二孝和二
十七孝和不壽而漢遂衰豈非光
明不能持盈戒滿理勢之所致歟

桓榮

明帝天姿可禹湯周公不夢夢空王當年紫綬金章
客何德何功坐太常明帝師桓榮與成帝師張禹桓帝師周福何異

班超

三十六人撫西域六頭火炬走匈奴古今參合坡頭
骨盡是雞披見鵲鳥兵不在衆寡得人而已班超應苑是也

賈逵

經術何曾得暫行漢家空有表章名石渠但把雷霆壓馬用低帷鑿壁生石渠白虎皆天子臨决豈一人之見獨高於天下乎梁丘賀以筮得任易得立於石渠左氏春秋用賈逵以漢為堯後得立於白虎抑何六經之不幸哉鄙哉當時諸儒乎石渠不立詩礼博士者礼非漢家制度而詩者宣帝之所自專與

李膺范滂

鳳麟自古待明時蟣虱何堪論是非可是首陽可埋骨争知人怨首陽希范滂曰死之日願埋骨於首陽山側不負夷齐

郭林宗

餞郭林宗數千兩哭陳太丘三萬人河上紛紛皆折角不知一一是黄巾黄瓊死赴弔七千人郭林宗歸太原送車數千兩范滂得解次

南迎之者亦然陳太丘死海内赴弔者三萬人天子在上奸人盈朝而一介之士送迎慶弔車至數千兩三萬人此明主所惡况桓灵乎李膺范滂而不能下宜有元龍之悔郭有道陳太丘亦安之豈非以仲尼自居乎

盧植

泓泓眸子許淵渟不見蛾眉只見經未似馬家親子婿終身不踏絳紗庭馬融失身梁冀與殺李固糟粕緒論何足為鄭康成盧子幹之師哉趙岐融猶子婿疾融所為終身不登其門

皇甫嵩　二首

幾多孟德總欺孤底事山頭獨望夫不聽閻忠聽梁衍未應魏闕便當塗閻忠之說即曹操之心也梁衍之言可以成功又不皦理乃不

（能听為萬世恨所謂奴人吉夫子函者也王弘朱儁亦然）

忠臣如夢復如癡不遺張温獨失機為問義真何面目洛陽宮殿作灰飛（中平二年孫堅勸張温陳兵法斬董卓温不忍発六年嵩從子酈勸嵩討卓嵩不從）

何進

龍驤虎步反狐疑解事陳琳却似癡滅火不關千里草漢家社稷付屠兒（進太后弟本屠家子張讓趙忠輩曹操所謂一獄吏足者矣袁紹勸之不決陳琳諫之不從復謀召天下兵以成董卓之禍紹計非是琳言可謂明白而不能從要之小人驟冨貴其中本自乱也何太后以妬殺獻帝毋王氏以挾貴之勢扣傾置董太后董重於死進皆與焉妹為張讓子婦毋舞陽君及弟苗皆受中官賂遺為之遮蔽進兄弟姊妹識度如此其敗）

國官史稱進新貴素敬憚中官雖外慕大名而内不能斷盡之矣洵惜第三句千里草即董字火刘也言戚刘不關董卓咎在何進也

王允

事成一讓一矜功一吉分明對一凶青瑣門前招不去相期猶不負林宗王允始終皆可稱而獨以驕敗士孫瑞無他節而獨以不驕全然允猶未忘李林諸賢之風亦可以為成人矣允少時郭林宗見之曰王佐才也

蔡邕三首

不際明時論石渠空將薄命仕鴻都天公似把詞人戲父死然臍子墜胡

萬歲黄金欲散時柯亭風笛尚堪吹一時謀卓人無

數不遣中郎一箇知命蔡邕為曹節程璜亡命江海十餘年矣董卓脅使從之懼而受

命豈厭逆旅而思苟得邪是時謀討卓者外則關東群雄內自荀爽楊彪黃琬王允以下士孫端張

溫楊瓚周毖鄭泰何顒伍孚伍瓊伍瓊荀攸种輯等分曹異處不謀而同獨伯喈不與耳

百日慈明位上台三朝何害歷三臺伯喈隨遂金華

蓋也為諸公衮衮來卓徵荀爽申屠蟠等就許爽平原相將至宛陵遷光祿勳視事

三日進拜司空自徵至九十五日爽與楊彪黃琬畏卓之威無敢不至獨申屠蟠不行邕至署祭酒

甚見敬重三日之間周歷三臺遷侍中荀爽黃琬王允以入直委蛇終謀漢室不得罪於後世蔡邕

死不得所亦為諸人之迹所悞耳

管寧

中州白日虎狼嘷越海鯨鯢更浪高化日尺書歸故

里依然逃董不逃曹
管幼安能終老遼東不以黄初之命浮海而歸斯伯夷矣綱目
書曰管寧卒于魏蓋不滿之辭也

華歆

拈起黄金豈可疑斬關發壁復何為遼東不洗巢由耳痛切初年割席遅

邴原

無數潛龍不肯藏炎精展轉遂無光間関鯨海緣何事更問遼東作范滂
管寧在遼東唯談經典不及世事公孫度安其賢原性剛直清議以格物度心不安之寧謂之曰潛龍不見成德言非其時皆招禍之道也密遣原逃歸度亦不復返

孔融

一身撐拄漢乾坤無那危時喜放言不受禰衡輕薄惧未容曹操駕金根曹操始思融而終畏之以文舉平生正義明道不惡而嚴以待操之必不殺也文舉不死操不遂肆矣文舉素剛狎侮濟以禰衡輕薄相與為放浪之言陵蔑之行在當時能全者少矣

左承祖

漢室猶餘北海城左生何懼便怔營至今魯國奇男子反得當年殺士名時袁曹公孫首尾相連融獨不與通承祖勸融自托強國融不聽而殺之漢末名士無所有而妄得歷声者多矣刘表華歆左承祖之類是也

禰衡

銅雀羅紈浣汗青，芳洲鼓吏骨如生。羯奴磊落若日

月，大雅那堪禰正平。

劉虞 二首

曲盖華旗起盐荊，幽州臣節獨分明。漢家福分燕周

旦，天遺忠賢不習兵。漢家宗室刘焉、虞、表與備，備才最高，虞心最正。覌虞辭帝，玄德之心已不然矣。使其習兵為賢邪，興斯漢之周公矣。

疽潰中平甲子年，蒲蠃桑椹亦蕭然。幽州別是神仙

土，穀石人間三十錢。虞在幽州，勸督農桑，穀石三十錢。

劉表 四首

豫州髀死旋生肌，劉牧終身不暫騎。景升父子皆豚

犬錯遺傍人笑二兒漢末諸公老死鞍馬独刘表自初平元年得荊州至建安十三年凡十九年地数千里人民数百萬倚倖群雄相噬宴坐清談劉備客荊州数年已有日月如流之悲表独坐視天下之亂二十年不親戎馬以死曹操獨嘆其子之不才何也

賈詡北歸事曹操甘寧東去事孫權德公鹿門親採藥諸葛隆中自種田表屬数千里之地文武智勇無人可恃為腹心牙爪独不才蒯越與性急黃祖爾甘寧賈詡不得志和洽畏讒而退刘望以讒見殺刘廙以兄見殺而奔龎德公諸葛亮司馬徽徐庶龎士元杜襲繁欽括囊閉閼以居其地子竒知敬諸葛亮表乃不知有之然則所謂坐談者何說刘於三君八俊者何稱扎

可笑群雄盡本初丁寧渾忘與青書劉琦不作蒲城眷應把荊州訪葛廬袁紹以愎妻之愛黜晉獻之懶使譚尚兄弟相攻以亡刘表欲

見其事且作書與譚尚使相睦既乃躬自歸之出琦立琮使不得國琮以荆州降操琦嘗登樓去梯問自全之計於諸葛亮亮教以重耳之事曹操來時能合江夏之衆以從劉葛操破備表琦為荆州刺史則琦之才未必皆豚犬也使得代父有国操雖未必尊事刘葛操時已盈使刘葛関羽得江陵而换之勝負未可知矣

沔口蒙衝斫紲斷玄武舟師旗幟明景升未死南人看幅巾重作子魚迎刘表以無能為四方群雄所窺久矣曹操以袁氏未平留待後争建安十四年春廿寧說孫權取刘表先取黃祖權慨然納之後操遅平袁氏一年廿寧當以說權兵至操之來表猶未死不過如華歆迎孫策而已

袁紹 三首

弟北兄南競效尤鄴中半鄴半青州身分家裂無全

理終使遼東送二頭 本初公路兄弟乖离譚尚之争父之教也既愛後妻棄長立幼出譚青州留尚於鄴以搆其争諸將惟沮授田豐見事勢不能听用審配逢紀許攸郭圖高覽張郃辛評等各分黨與互相讒害圖譖授逢紀害豐審逢附尚辛郭黨譚官渡相持配怒許攸圖譖張郃攸卻奔曹兵遂大潰紹既敗死冀州無恙審逢辛郭勢譚尚而闘之而袁氏亡矣

田豐襲許計非良沮授安民策最長已克百安卑按甲足轢曹操到分香 曹操遂雄天下以破袁氏得冀州也前此纔有兗豫徐楊荒殘之餘四鄰互拟自立甚難袁氏已克公孫瓚及有幽青并冀土廣兵強為曹深患苟能用沮授田豐持久之策任矣使能息民務農厉兵秣馬宿重兵黎陽以絕許洛來堅去抄合從刘備與關中諸將以若操操雖黠而動則掣其後止則困於應雖未能滅而不能肆矣柰何輕淺驕矜不用授豐良計而信郭圖審配小人急利之言以強盛可久之業州而摧於很本未立之曹操紹破亡而操不制[illegible]

襲許可矣然操善臨机制変惟不動足以制之假紹得許而操不可擒事会之來安有窮也

許中四面盡仇讎曹弱袁強正是愁一日四州都奉予安閑猶遣定徐州紹從田豊襲許之計則刘備定徐且與袁氏共掎操矣官渡相持以寡弱之曹猶有餘暇破刘備而走不仁不知之人可與言哉不能者以幸用兵能者分数甚明於此可見

田疇

徐元宛似歷山中義氣人間窄不容不為犬羊殘士類肯教曹操識盧龍田疇憤刘虞讐而不能討公孫瓚者力不敵不忍殘民也就曹而教之盧龍之徑者為本郡冠蓋復讐也固不受操之封者知其不臣也可謂仁人義士矣

臧洪

◎

帝家安邑棘籬中賊靡奸渠四面雄漢士當時惟北海一朝青史見臧洪洪死時獻帝幸安邑居棘籬中

審配

謀袁大似為曹謀卻道辛毗破冀州五夜鄴溝深二丈袁公神武一時休審配以死守鄴城陷不撓而死可尚矣然不足以蓋其亡袁之罪矜勇喜功不度德相時破沮授之深謀勸紹以擊曹操以速其亡一也與郭圖共譖沮授二也方危難時不与諸將和睦激怒許攸以覆其軍三也逐譚立尚使兄弟交鬬曹操坐有河北袁氏遂亡四也死不足塞矣

獨擁殘兵守鄴城佇需袁尚去擒兄一時天地方翻覆安把人倫罪審榮配守鄴兄子審榮開門納曹操兵遂陷

沮授

袁曹相與漢王路四世三公恩海深當時惟有管寧是讓對黃河歎此心桓靈以來人心已去群雄競起可以義取天下然皆世食漢祿尺土一人非漢不有非若沛公項羽崛起於閭閻鉏耰之間也無可叛之理矣沮授始勸袁紹迎天子將為曹操爭將為諸葛亮爭然紹始盡忠漢室挾天子以令諸侯桓文之事也勸人以桓文而冀其不至於篡竊難矣授屢諫紹多未忘漢然皆畏義不敢肆之言似存漢而實為紹也紹與曹操何異官渡之潰被執不降操釋遇之復謀歸袁氏以死蓋不忘袁氏之分且謂操非我主也要之不擇所從終為荀彧而已豈能終不得罪於天地間哉

金禕

董承种輯蚤為迂耿紀金禕計愈疎精衛有心安問

海螳蜋方怒豈知車曹操知畧過人賢能為用北取冀幽并東有青徐兗西包秦凉南侵荆吳人皆其人地皆其地董承种輯當曹氛弱未破袁紹之日猶籍劉備之雄僥倖萬一金禕耿紀韋晃抑何昧哉承籍備於犄角之間禕紀緩備於江山之外事歸不成徒見大義之在天下耳

陳珪

元龍父子二人耳賢於曹公十萬師吕布就擒公路死都在勸田新婦時勸吕布絕昏公路兩孤袁吕也與楊奉韓暹書使反術孤術也表吕之敗珪父子功實多操特救其末耳

陳宮

何物曾奴董太師原陵青草正萋萋一時翔集多知處獨恨公臺不擇栖陳宮以曹殺士叛之是也然舍曹而奉吕布布何人而宮奉之

使布以不道飛揚東土妨害賢能且復委心與之始終其智安在史稱其剛直壯烈其死排亦惜之蓋漢末尚氣之士而實迷謬非可取也

石堂先生遺集卷之二十

石堂先生遺集卷之二十一

宋寧德 陳普 尚德

絶句七言

詠史下

蜀先主 一十二首

兩得徐州不自由中原應不戀炎劉孫曹袁吕非蠢賊五釆龍文在益州中平五年侍中劉焉言益州有天子氣不知其為先主也

白頭上峽歷群蠻展轉亡張又失關取得益州竟何益不如賣屨看人間老而後時荆益天也早得十年則可觀矣備少孤貧與母販屨為業

此後南走若窮後極目蒼梧歎斷鬼如許英雄不成
事止緣的是靖王孫漢末群雄各得一州而又有際会歲月唯玄德二十年不得展
布手足初得徐州而為袁術呂布所害再得徐州而為曹操所苦許下鄴中孤軍匹馬汝南新野寸
地尺天當陽危急欲走蒼梧沔口單微僅分南岸
末年急計不得已取刘璋有益土翱翔而老矣豈
非天歟漢哉使玄德非涼子孫而州為一姓則其
驅馳天下不應若是多魔矣豈惟先主關張諸葛
亦為漢所累矣司馬公乃不信其為中山靖王之
後豈以諸葛委身尽瘁於盜名冒姓之人哉
徐元直去馬超來顧惜三綱又愛才道御英雄無不
可豫州翻向益州來以徐庶為毋而听其帰此惜三綱也馬超棄父而奔張魯所不
妻者用以為平西將軍愛才也
袁渙當年死亦毋雲長平昔竟何貪劉巴項領剛如

舖也用隨群拜武擔先主得人心處良不可窺諸葛一見遍以大事告之雲長翼德子龍之勇顛沛患难孤穷衰弱依依不去若十哲之於仲尼也黄權阻隔而不忘袁涣羈棲而取之蓋高帝之所不能者也

荊楚晋連似失時涪城歡飲類孤疑軍中劉曄誇言語豈識英雄為義遲陶謙死不敢受徐州用孔文舉陳元龍之言而復受刘琮降曹操不以告荀或勸攻琮而翟刘表託孤之義不忍取之將其衆去操軍迫近荊楚之士從之如雲衆十余万輜重數千两或勸宜速行取江陵而以人人依ヒ不忍舍去日行千里幾至危殆法正東來勸取刘璋疑而未决用龐士元之言而後行既至涪城刘璋来会張松法正士元勸於會間取璋可坐得益州不從其言与璋歡飲百余日彼此無疑在葭萌士元元龍陳三策以徑襲成都為上誘執関頭為次还退白帝城連引荊州徐还啚之為下不得已從其中計凡此皆刘曄之所謂遲然闘司

馬徵徐庶之言詣隆中片語斷金若决江河謂之遅不可也遅於利而不遅於義乃所謂敏耳郭加謂袁紹遅而多疑當矣刘曄謂玄德有度而遅不知玄德者也

養虎荊州歲欲闌一家豚犬不勝安振振公族麟之

角妄作山林猛獸看先主以建安六年奔荊州至十三年刘表死曹操来凡七八年為表上賓表之能与刘璋但老少異耳先主客居其士表既安琮亦無畏既分之席復托之孤刘表無籍陖龍之慮而周瑜乃有养虎之患蓋瑜不知義必歎逐之故為是言然以玄德乳明関張之才而無方尺之地瑜若不死得高枕乎

如流歲月幾沾襟侍立霜嚴劇苦心説與劉璋無怨

怨有人驅虎入山林先主失信吴使之也孫權不听周瑜与玄德同心治操則孫以吴刘以荊愵規北向何暇入蜀惟權不知所擇互相疑忌使玄德以垂老之年北迫於操東迫於吴

在公安如撤藩籬故思寬閑之舊處又值法正之來而遂西矣

少年白帝死如生但為雲長也自榮能虎已分南北路英雄無計與年爭

猇亭之役當深原兵情失荊州未害孫權為賊已甚不可忽也况關羽禍人侍立患難相從之義乎蓋不忘荊州而知孔明足辨北方何借東行為羽報仇此玄德之心也既敗遂駐兵養力陸遜心力已疲孫權臨難失守玄德待數年不死荊州詎可知乎

平生信義滿乾坤曾弔諸侯未返冤呂布來特梟送洛不應投許又投袁

布為董卓發諸陵罪大矣且凶賊反覆不可舟同処當其來奔徐時當陳大義以斬之與君二年卒受其害東西南北實始於此

西行不與本心符西負劉璋東負吳漢業此時如累郊天公先與殺周瑜

玄德初入蜀孫權已怒其背信遣船取孫夫人以去示欲絕之

矣是時瑜在玄德西行瑜必襲其後刘璋未降蜀人未附孤軍躊躇深客人境瑜死殆天意也又幸魯肅繼瑜深愛刘葛故得從容入蜀而孔明翼德子龍亦繼西上不然関羽不能動心忍性瑜後撓害其間荆蜀兩皆不保也

曹操亡年德劇衰孫權晚節亂如絲豫州幸自無煩辟亦為區區怒費詩

建安十八年操立為魏公殺皇后伏氏二十一年進爵為王以譖殺尚書崔琰收毛玠付獄丁儀用事請出何夔諸人群下側目二十三年少府耿紀司直韋晃与金禕共起兵討之不克死二十四年為趙雲所敗失漢中殺楊脩関羽收襄陽殺于禁厖德操流涕議迁都避之二十五年卒後主建興七年孫權稱帝於武昌臨釣臺飲酒大醉以水灑羣臣八年發兵浮海求夷亶二洲亡卒十八九年徙虞翻於蒼梧遣使之遼東求馬為人所俘十一年遣使將兵賀弥宝拜公孫淵為燕王斬其使献首於魏時年六十夏自將攻新城為滿寵所敗十二年自伐魏

綝功延熈元年吕壹作威福伏誅遣人告諸大將四年代魏無功太子登卒五年立子和為太子霸為魯王夋伯与和無異是儀數諫不聽八年全公主楊竺全寄譖太子及其母王夫人夫人憂死太子宠日衰陸遜切諫權不悅遜甥雇譚諫徙交州遜被責憤恚卒太子傅吳粲請使魯王鎮夏口出楊竺并怒殺之十三年廢和殺伯殺將軍朱據族誅陳正陳象杖尚書僕晃一百立子亮為太子母潘氏為皇后十五年復和為南陽王居長沙四月卒建安二十四年先主取漢中秋自立為漢中王辛丑年蜀中傳獻帝被害群下共勸上尊号費詩諫勿稱王不悅左遷之遂即帝位於武擔之南

諸葛孔明八首

不憑潼華驅曹馬試出褒斜截部雙深念永安桃前語橫行河洛又臨江事机一失成敗胥褒街亭之戰是也猇亭敗後教养六七年而後夲第無遺策出不拜入矣馬謖不違節度一戰而削平取隴右燕涼州夲三秦將跳出居關中為

蕭何而孔明為漢收三河矣魏地犹大成敗未可知然孔明擬療雍以臨天下豪傑雲合經營數年非曹獻司馬懿之所能禦也馬謖一敗魏人懲創因陳倉堅閉關隴使孔明又六七年不能窺漢中去斜谷及去斜谷營渭南已死矣或曰街亭雖勝能牽事乎曰先主既殂孔明在蜀寂然無聞者六七年此李牧取胡之計也出次漢中而魏人統以夏侯懋鎮關中不以為意孔明一出而三郡響從姜維繼至曹真張郃方在擾攘之間一勝則破竹矣其規蚤布置已如韓信先定於胸中不幸不察先主臨終之言用謖為督一敗而返事々反覆終始非謂孔明之過不可也大槩街亭一出易於後來之四出後來四出難於街亭之一出敗街亭則事可知矣

褒斜邸閣可一飯河渭安流漕九州天乎馬謖又霖雨倍費心思作木牛漢中初出已為高帝韓信不復入之計無賴於巴蜀之粟矣敗街亭而返窺關隴之計倍難於前始恃蔣琬李平賫運辛亥祁山之出破郭淮司馬懿殺張郃復自

龍驤虎視之勢矣李平以霖雨督運不繼乃復還
還乃始息民休士作木牛流馬運米集斜谷治邸
閣三年出屯渭南大事
已去而天不作漢矣

蒼蒼石穴五百里炎熱寒凉一漢家絳灌蕭韓同故

道關張不共出褒斜先主孔明以蜀漢區天下与高
帝蕭何無異漢初得天下君臣
同禍一出故道遂不可制先主与關張死法皆死
獨孔明將鷹狗数輩趙雲未幾亦死孔明未老天
復奪之不然以漢王蕭何張韓鄧署曹樊絳灌分
出斜谷大敗豈司馬懿張郃曹真之所能禦哉曹
操嘗謂漢中為天獄
斜谷五百里為石穴

關羽不能當一面魏延何敢比淮陰流星只緩身徂

落一木終能作鄧林屯田渭南時年五十四如
其不死不以無才為患矣

郭淮豈得為許歷曹獻敢言如亞夫祁山再見伐崇

旅鳳鳥不來嗟巳夫

飛羽凋零又隷歸卯金餘息孔明知春秋兩字誅千

古不用當年磔操丕三雇之恩魚水之情惟以死報之漢賊二字如日月也治国恭

民務農講武人事无所不忍而死生存亡不留於胷中孔明之大畧也

輀死無傳直至今孔明曾一正人心拔刀斫石今猶

憤何况當年感激深孔明以道事君蜀漢遂為義国虢亭之敗傳嘏程羨慷慨死之

其時諸葛瞻父子死也王謀關口守將傅僉同日成仁皆孔明之教將士拔刀斫石孔明之餘怒也

面黑頭黄味似飴孔明伐賊妾蚕椄生前桑柘八百

樹死後廾棠四十圍

関羽　四首

巴山漢水本與劉諸葛才華備鄭留但得關髯師癘

武北州韓信在南州玄德礼賢下士忍辱懲忿有如処女關羽相從久矣恃勇負気无所不侮當孤危無援之時以无人視天下使羽能忍一時因孫權善意以女嫁孫登通和申其盟好呂蒙雖有陰謀權當念魯肅言不遽圖羽也孫權欲絶玄德先取孫夫人羽女為權子婦權遽肯圖羽哉一女可得荊州失荊州由於一罵天乎人也何尤

寢席羨杯幾載同不知玄德訪隆中呂蒙陸遜誠姦

賊消為孫登作婦翁

北人更欲生關羽猶倚糜芳信士仁曹操雄心懷白

馬董昭空自弄精神董昭教操露權袭羽之書於羽活羽以為權害呂蒙雖西上羽軍俾可全也疾觧與圖及蒙未至先还江陵則蒙至尋陽而討左矣羽有生路自以強梁而隕覆何

尤哉

羽血未乾蒙隕命蒙妻正哭妾分香天地有心誅漢賊但遲數月取襄陽羽以建安二十四年八月取襄陽圍樊十月吕蒙進兵江陵曹操救樊十二月蒙獲羽斬之而蒙亦以是月死明年正月操帰自樊卒於洛陽然則關羽遲三四月在江陵不動則事勢大異矣三人同時死而羽独先豈非命哉

龎士元

放虎山林計已非蛟龍雲雨意猶遲士元驥足思騰踏盍在劉琮不告時刘璋遣法正迎刘備善意也先主虽听張松法正之謀然雇暲善意未忍為不義孔明於時亦未開有說士元還以逆取勸之先主西上盤桓猶豫猶三年士元与張法二人惟恐取璋不速日夜勸之而先主徃往不听士元之於仁義如此鳳雛之稱得無过乎未

至成都死於流矢豈所謂趨利而瞰若欽要之先主不取刘琮為失机士元歎速而能於琮降曹操不以告特勸先主疾取江陵隱之則於礼義宪害而其功倍於取蜀矣程子曰取璋不義取琮可矣先主自新野南奔時琮以弟奪兄以国予人却不知是時士元在何處

趙雲

子龍一身都是膽更有仁心并義肝士勸渠能和益土百驚不動是人安

法正

崎嶇放虎斝方新喜怒平生便見真誰是孔明西道主敢將東客罪西人張松法正導先主取刘璋先主孔明西行特二人為之主尔初得益州主客之勢方新尊卑之分未定故孝直秉時快恩怨而孔明亦未敢罪之從容数語輕重得

宜或者乃謂孔明以嚴治蜀而不能裁孝直之横是未嘗覩史也

諸葛瞻

父自耕田毋自桑受天命與漢同亡百年魏晉烟雲散千古隆中日月光

司馬宣王 五首

諸葛誕謀非是誕令狐愚計未為愚豺狼頸項何堪抱千載猶悲誤託孤 誕愚皆討司馬氏者或曰司馬師不念抱頸之托忍廢曹芳懿不死當無是事曰閉城門殺曹爽抱諸王於鄴具無君也甚矣使芳一旦赫怒抽戈擊懿豈復念抱頸時不為賈充成濟之急計哉師廢芳昭殺髦皆父之教也復何道

燕鵲寒巢不暫寧百年盜賊不曾停豺狼首領皆回

積的曾見青衣立漢庭曹氏自亡故司馬懿得盜之然不善之殃無能逭者故明帝不壽所以誅操之奸武帝洮酬所以殄懿之毒燕巢鵲巢皆見高堂隆傳

蔣琬費禕亦如虎孫權天險據江湖曹年石馬来何暮也畏平沙八陣圖函城渭南畏諸葛如畏虎亮死其所畱以遺後之人亦終足以禁其窺伺終身握兵南不敢窺孫權西不敢窺蜀其所籍以為盜竊之資者惟斬公孫淵而已張掖石馬七西晉七主之祥也諸葛亮死於青龍二年明年石馬出張掖盖亮不死司馬懿無能成之理也

倫殺淮南炎殺攸天將造化馬為牛古来逆種并姦息不問賢愚總是愁武帝本英主於齊王攸相友愛至不容斥死淮南王允為術縮将士所畏服討趙王倫乘克矣避逅為伏亂所殺天之於晉可見矣積善餘慶積不善餘殃此古人所以必歆以義得天下而後敢居也攸不死晉可安允成功晉不亂而天不佑之盖積不善之報當

然也洪範曰子孫其逢吉逢吉積善得天子孫事皆避逝於吉也不然反是

家門營立事方新已畜傾巢覆穴人出爾到頭終反爾寡孤何用必隨身司馬師死司馬昭不肯住武昌遠詔還屯洛水南後来東征西行必以郭太后及其主自隨皆欲除曹爽時郭太后在城中為已所奉曹芳在曹爽手幾從桓範言恐復有為已所為故也荀顗賈充皆自昭時用事

曹操七首

橫槊南来氣吐霓北歸裁得景升兒誰言孟德烏林日全似本初官渡時恐懼刻厉則以新集許下而敗袁紹幽冀青并全盛之衆得意驕矜則以曹操數十万之衆而困於劉備周瑜數万之舟師使操用兵常如官渡時天下豈有當符處哉

揚旌北向顧南州牧馬東行向北愁亂世姦雄還自嘆景升直與本初謀謀討呂布則懼袁紹亂其北馬騰韓遂擾其西遂討呂布則慮劉表張繡乘其後欲征劉備則懼袁紹襲許欲擊烏桓則懼劉備教劉表乘之使袁紹劉表有孫策劉備之畧操雖智豈能遂吞群雄但二人不才荀彧郭嘉荀攸見其肺腑使操行險僥倖而无所不成豈非倖哉

無限英雄覗許都到頭倖免豈天乎平生避逅都經念曾識篁中許貢奴按謂袁許者五而皆不成袁紹劉表無足云孫策以部署而既天也策不死則許危而袁紹未敗

濮陽火裏又潼關幾度鯨牙虎口間銅雀臺前閑極日驚魂猶繞白狼山諸葛出師表曰曹操智計殊絕人然困於南陽險於烏巢危於

祁連遍於黎陽我敗恒山始死潼關然後為定一時爾

劉備孫權豈可忘南来擧趾遽揚揚劉琮脫用王威計送死何須到武昌

遷都避羽豈男兒子翼私行更可悲四顧炊且天獄襄蚤如仲達匈城時曹操一世之雄可在袁紹劉表之上以与劉備孫權諸葛亮周踰關羽相遇則勝負未可知矣

英姿蕭颯發硎刀除却無君事事高孟德文王能幾許只争讓退與矜豪洮雄明決應變如流使得其所倚操之才一變至道矣惜其不李無道義之士開導遂為奸雄之歸

荀彧四首

亂離揀得一枝揀得路爭知却是迷曹操若逢諸葛亮暮年當作漢征西

曹操作西園校尉及屯酸棗時其所志恩未必不正如後來之云云也遭值世乱才長功大遂為奸人然其不殺刘備脂習祢衡畏也不殺徐翕毛暉厚待陳宫母子關羽亡去不追義也陳琳辱其兄張繡殺其子袁紹呂布諸將皆仇敵棄暇收用無所留难知人听言務本節儉思孔融而召之及彼其戯侮十有餘年而後殺之使文若始見即以道義輔之以文若之才畧足使操征伐四克而復日聞道德之言則以操之英决當知義重於利道德重於功名遂亂之心老死不發矣

河濟太山猶是漢匆匆把作賊関中久知天下無劉氏不料人間有孔融

董卓乱後羣雄横裂獻帝遠留長安在賊手如孤雛是時文若謂漢已亡故以高光事勸操及獻帝東帰天下稍有推戴又勸曹操挾之此時文若非有先漢之心

然迁許之后政在曹氏堂陛不立文若金不忘大義然始者交浅言深駟追不及歉遂從操而孔文举揚挾正言於其間故依違去就立正邪之中十有余年一日董昭称議良心不滅率尔而對很須以死君子不观荀文若之顛亦安知諸葛孔明躬耕隴中不求聞達三雇而後委身之為貴哉

誰作留侯帷幄中殺賢可獨罪曹公拂衣慷慨無文

舉添得楊彪伴孔融曹操殺孔融荀文若豈可言不知哉楊彪下獄時文举被髮纓冠徃救之文若喑嗚不能鳴僅与文举同獨滿宠勿加拷掠而已若文举不正言滿宠不畏義操一日而殺楊彪文若豈有面目見君子哉幸出楊彪終殺文举文若愧負可知飲藥自殺良心未忘畄地下得見文举耳

河岱諸人無一賢郵城戰格與雲連雲長翼德如文

若玄德翱翔早十年関羽張飛勇而不智刘備失徐州亦羽飛二人不去守使二人

在下邳如文若在鄄城使備不失徐如操不失兗則事未可知要之曹操初與隨得荀彧程昱棗祗董卓輩皆智士玄德創業僅有羽飛趙雲二三勇士及操已成天下无措手処始得孔明厎法諸公所以不同或曰呂布襲下邳出於不料操擣下邳乘其未集也曰使荀彧与呂布同処豈肯信而不疑操襲下邳方有袁紹之憂不能久也使文若孔明守下邳其却之有余矣

孫權

不信張昭未是奇賊来送死又何疑一生謟事欺孤操操死循臣不十丕任賢使去以保江東孫權之才丞於孫策之一言其策畧德羕皆在曹刘之下赤壁之勝非頼周瑜魯肅孔明叅明操軍中疫作則操之来决非孫權所能辨刘備人才道德照耀當時向使權用魯肅言与相犄角孫以楊越覘青徐刘以荊益取雍豫同心恊力東西俱進曹氏必不支矣二主分治豈非當時一快事乃听周瑜吕蒙專与玄德為仇畏憚曹操乞降

勸進稱臣稽顙若臣僕然關羽圍樊于禁等沒孫權等亦自東方此向曹操虽點何以為計操死之後周瑜呂蒙虽死猶有陸遜朱然輩不無足憚又畏刘備乃復稱臣乞命於丕刘備未死虽受魏兵不敢与絶及聞蜀使鄧芝之言始恃吴蜀解仇而停事丕之礼良由本心不計正邪義利但以强弱爲意因与刘氏而同仇遂有孤立畏人之勢始焉不知所擇故其終无所倚藉人才凋落四雇茫然遂以仲謀之雄狼俱涕泣以事曹丕可惜也

周瑜

烏林僥倖數帆風便傍吴船向蜀中劉葛關張無寸土肯容公瑾擅江東

魯肅

龍虎鵷鶵總可人當陽傾蓋便蘭金荊州尺寸㧾相

付始是當年子敬心
刘表未死先主孔明共談草廬
之中巳以荆盖為囊中物非奪
之也事勢然也孔明求救於孫權云将軍能與豫
州協規同心必破操操破則荆吳之勢強鼎足之形
成非張本也亦事勢然也表死操破玄德當有荆
州明矣魯肅聞表死言於孫權請往説刘備使撫
表衆共治曹操是人心之所同也烏林之役周瑜
水軍三万關羽与刘琦亦二三万孫刘相与協力
孫氏又以自救一勝之後便當使玄德主荆而周
瑜幸勝專功不惟不以荆州授玄德又欲由荆取
蜀進據襄陽是欲置玄德於无立錐之地當是時
也周瑜為不遜而魯肅之心歉然於玄德矣玄德
遅留信義隱忍不授然使周瑜不死終守其説則
以刘葛關張之智勇亦必有以處之矣幸而瑜死
肅継始勸權以荆州借備此子敬之本心然曰借
者君臣之際其辞當然其意則实以栗赤壁之勝
遂挽荆州於玄德為負也玄德之風肅所素欽當
陽相見加以孔明傾盖成交聯鑣東下遂勸孫權
一心拒操盖孔明与孫權言者一時之大畧也途
中与肅議論當尤詳悉肅之勸權亦聞孔明緒論

也肅於此時必曰玄德君臣之才之美顛沛失所誠為可惜故為孫氏謀臣而廼心刘葛終始不忘觀其与孔明定交曰我子瑜友也言死統於玄德曰士元非百里才玄德取蜀孫權怒其背已來爭荊州置長沙零陵桂陽三郡長吏關羽盡逐之肅孫氏人也不惟不与羽絕且勸權以曹操尚在宜且撫輯羽与之同仇不可失也權惑吕蒙之言深忌羽以書問肅匕以不足忌答之不足忌者讓之也由此觀之魯肅之心爱玄德君臣而歎其有成也久矣羽恨孫權不讓每加无礼而肅常撫之豈非受雲長之才抱公瑾之負哉然乎不幸子敬死吕蒙繼之遂為曹氏啚羽匕死而玄德遂失荊州漢之大勢去而曹氏之計成然則肅遲數年不死則羽不亡非獨刘氏之福曹氏成否未可知也或曰操走留徐晃曹仁守江陵周瑜程普攻之歲余乃下甘寧取夷陵曹仁遣兵圍之瑜破之得解取荊州者孫氏力也曰此周瑜之不遜也赤壁之役苟以荊州授玄德曹仁徐晃玄德孔明辨之有餘矣豈獨周瑜為能乎玄德依然君臣寄寓如刘表在日也新野時及刘琦死權始以備為荊州牧此

逼於天理人情之不能已也周瑜復以給之地瑜之心直欲置玄德於死地而後已也曰關羽不死豈孫氏之利乎曰玄德關羽兼人也孫氏不謀所以害之則爲兄之国尔何不利之有周瑜寄寓孫虎之云以小人之腹量君子之心也此事前輩皆未之考

呂蒙

劉葛無成痛古今白衣搖櫓穽何深呂蒙公瑾俱無禄漢室猶關造化心呂蒙周瑜皆漢賊也周瑜夭年而死呂蒙襲殺關羽未及受賞年才四十而亡豈非孔明先主之義猶簡在帝心乎

棗祗

千里無烟已十年一朝許洛畢秋田乾坤渠肯容曹操聊爲蒼生解倒懸曹操所以成者由毛玠勸脩耕殖棗祗首建屯田州郡皆置田

官荀彧鍾繇主衞覬之議賣塩買牛給流离帰民
以集関中刘馥浅城立邑屯田興陂招懷梅乾等
以開楊州趙儼何夔止綿絹之征以安汝南諸郡
後破袁氏斬郭援高幹以杜畿為河東大守梁習
為并州刺史皆以安集農桑為先是以流民復業
而師行在在有粮故能集也但智力奸偽終不得
天故運祚不長耳袁紹雖強
惟务急戰烏得而不敗也

賈詡

崩奔尭後一孤兒跖狗成群共肆欺賈詡未投曹操
日自為漢賊已多時荀程郭賈皆知有操而不知有漢然賈只為漢賊久矣事在初平三年

曹丕　四首

真盾傘車中載甲兵辛毗頭上一毛輕孔明才略何堪

筭十倍曹丕是憲英

侏儒一節足亡身衰經三年笑殺人不逐𢕫亭天子

便能舟何用到江濵黄初元年正月操殂丕即位二月黜曹植為安鄉侯殺丁仪丁廙六月南巡大饗軍民設伎樂百戲下詔十月受禅納山陽公二女十二月如洛营宫室徙冀州士卒家于河南二年郭貴嬪有寵殺甄夫人七月築凌雲臺十月遣使求大貝明珠犀象玳瑁孔雀翡翠鬪鴨長鳴雞於吳為孫權所咲三年立郭貴嬪為后興兵伐吳無功五年六年連伐吳無功龙舟几覆七年殺鮑勛廢曹洪而卒方刘备伐吳時去以刘曄之言襲吳可以大獲乃信其伪降乞其兄用之物以悦婦人及備既敗荊陽既困始興師縮江几隕風涛曹操豚犬之嘆為不虚矣

鵲構觚稜偶似詩雞棲庭樹已當時公車坐使諸侯

急却是姦人篡奪資丕植皆豚犬也魏稜拴晋由宗室無維宗室禁錮本曹植先礼

八石室集　十四　六

操以植故重諸侯科禁况丕不仁甚有怨於植乎魏之亡植罪為大

春華建安曹子建秋實西京張釋之父事邢顒奴七子黃初便作萬年期邢顒君子也而植惡之楊修丁儀小人也而植愛之既以無礼然父復以不弟失兄始与浮薄之人同處及其始終如孤豚家国未幾亦覆入代詞人皆繆用其心者也

費禕 二首

渭南營裏夜眠遲漢壽屯中醉裏棊亡蜀似緣才太給不關越次用陳祗諸葛亮以伊吕之才夙興夜寐費禕自知不及乃不廉情弈盃觴以殺其身矜故也越次用陳祗使与黄浩為奸以亡其国蓋感於祗之多藝謂与巳同而不之察也

來牛流汗上青天漢火明知不可然誰識連峯攢劍

戟正虞天奮孔明年褒斜劍閣在孔明時良為害甫蔣琬費禕姜維時国之宝也孔明教養之後苟得平原廣野無粮運之勞不可禦矣

姜維二首

國小民勞事已非城狐不斬愈危機却屯已可擒鍾會鄧艾無翎獨觧飛

無德那堪力不任重関如掌寇戎深凿明不係梟鍾會猶有區區一片心考維始終欲殺鍾会無益維欲殺會時密与帝書曰願陛下忍數日之辱使社稷危而復安日月幽而復明

北地王諶

何物譙周口似簧幾年漢帝手牽羊紛紛蜀土祠諸

葛香火鲁曾分北地王

鄧艾 二首

劉葛元非百世讎緣崖攀木作猿猴瞻崇艾會誰芳臭死國沉身各二頭蜀有亡之道而鍾鄧取蜀皆不还何哉鍾会深入已過漢中姜維列營守險会不能克粮尽欲还而鄧艾蝎死力鑿山開道縁崖攀木忍飢寒歷氷雪踏危殆以袭成都蜀亡而鄧氏亦继之矣此用意大过之報也蜀諸葛亮之国而司馬昭魏賊也而艾刻厉為之取蜀非理矣

滅吳不觧誅宰嚭拜假何須便不咨受任兩無曹與馬檻車破了欸何之成都已降不待承制假拜而後安鍾会豈君子還肯听艾専功司馬昭還肯以柄授人艾之在蜀本无他心不過有功而驕不伏為司馬昭之役鍾会之下檻車諸

洛不圻將士追取則会已死艾至洛猶可自明㬎車已破則惟有反而已艾智勇士也卒於狼狽失措以死由取舍去就不預定於胷中故也

鍾會 二首

身在成都已孟津，霎時飛首過函秦。子房智勇裁如此，不悟誅秦滅項人。

諸葛風流尚未休，山川為斬鄧鍾頭。至今青史憂吳蜀，莫把知人責夏侯。鍾會何足為吳蜀之憂不过生事而已夏侯霸之言未必然也

中山王衮

老卒無多儘守藩，更無毫髮罪堪言。東堂斷手平生足，玉井蟾蜍明帝勑任吐吞。

明帝四首

椰谷川西示討曹摩波井底見芳髦藩垣屛翰無方尺何用凌霄百丈高洵雅首二句言師殺芳昭殺髦天道報應之速三句言失人心末句言明帝為千門万户之役

大和空國逐浮虛曾為蒼生一掃除曆數未容姦宄得收曹卷馬二中書清談起正始亦由明帝不寿明帝寿則無曹爽之擅无爽之擅則无司馬懿之奪而諸葛誕鄧颺夏侯玄輩亦擯斥不復起惟魏不得天使明帝方盛而亡刻放孫資擅命曹爽何晏並起而司馬懿父子因之得計蓋其所以得者非也

咸通昏主如桀紂青龍英君斸不如關雎螽斯渾未識鵲巢那得不鳩居好色之君无子夫婦道乱无子無子之国奸盗乘之古今之常

也明帝父子世無家法暕絕骨肉捨貴立賤擲旁之位卑於下陳妾媵上僭掖庭数千内政荒乱遂以無子而成司馬氏之簒幼女淑之死恣情越礼如唐懿宗一由曹操寵蒼舒之死歡与卬原亡女合葬啓之二以死男愛女故徇其欲以至於不可制懿宗雖不道然同昌公主已長適人明帝以丧父母之礼施之未朞月之幼女是又懿宗之不如矣

高堂光禄心劉向未托孤前亦已知争奈九龍規太大不堪浅薄武皇基

明帝魏英主魏不永由明帝不寿明帝不寿宗室荒亡曹氏本无長世之道明帝又為千門万户之役以速其亡明帝不死當念東阿之疏与高堂隆臨死之言土木之役行將自止骨肉其時庶乎可望覬覦寢疾時援曹宇大將軍以曹爽曹肇輔政可見也高堂隆於魏群臣中最為忠賢考其本末与刘向如一人也事見青龍三年四年景初元年凡七節

楊脩

麓中是絹不能知妄把聰明察色絲五等人倫皆掃地多文好學欲何為楊氏四世三公脩震玄孫謂楊彪為諸父楊彪孔融祢衡不從操而脩從之曹植浮薄丁儀側媚君子所遠而脩樂之勸操立幼教植奪嫡乱人父子兄弟之間如鬼如蜮曹操辛而容之其能免於丁儀之誅乎

高堂隆

負土衣冠亂蒲園不知曹德是軒轅土山白晝忠臣髮何似初来莫妄言高堂生忠臣賢士而以黃龙損其智明帝土木之役方興又惑於高堂生土德相覆之說益後大自高徙長安鍾簴橐駝承露盤於洛陽鑄銅人列司馬門黃龍鳳凰置内殿前起土山芳林園使公卿負土樹草木捕禽獸其中乃復上書切諫至死循拳匕焉忠則忠矣毋乃張其源而塞其流乎曹操開基孰与黄帝虞舜其父嵩為宦者曹騰義子未知其姓而直

堂生列之五帝吳蜀擬天下之半曹氏方草菅其民而高堂生遽以帝王曆數与之皆不孝之過也

曹爽二首

眼中鸞鳳悉豺梟一日翩翩忽滿朝死近天教為呂祿罪深地不着良霄

四聰八達免官時仲達含香拜玉墀二鬼不來同鼇谷未愁寡婦與孤兒明帝在日司馬懿東奔西走之不假雇命不為劉放孫資所易則曹宇以恭良矣宗室為大將軍必能守明帝之政懿雖奸未必逞矣爽一得位何晏等彈冠而起以死人視天下捐翼為惡託懿太付而奪之權懿純含怒不發盤桓八年及託郭太后求寧宮懿始稱疾不視事又復二年而後誅之然則爽於受雇命後茍能為善仲達父子豈遽有不軌之心哉管輅謂鄧颺為鬼躁何晏為鬼幽愚謂清談之士如竹林諸矣及王戎畢卓王澄山簡謝鯤王衍謝

方般浩輩皆然惟謝安
志猶足以伸其氣耳

何晏

羅襦帝子本同生故把玄談亂濁清粉面青蠅麈不去到頭白黑自分明晏年四歲隨母遭亂為曹操所得母為操生女既長以妻晏所謂尚書駙馬都尉為此以此一事及正始間所為觀之蓋吾道之所不容者范甯謂其罪浮於桀紂而近世以其所解論語行天下是未嘗讀書也

桓範

和血濇骸赤洛陽綺疏應共桃紅粧乾坤無地容何鄧何必昇尸赴許昌曹爽輩一時皆棄市矣蝕以乘與赴許昌終不免耳桓範為魏司農与爽非有死生之義懿擅閉城門為死君範出就乘輿為得義而無所從朝服不离帝側則然

必不犯大蒙殺範令範出奔徙教爽挾天子以自活則是徙爲爽謀非有從君之心況範爽出遊与司馬懿蔣濟王淩子贇之言範黨於爽久矣与之俱死不亦宜乎

夏侯玄 二首

一日天誅正始餘百年曹馬兩丘墟景王似見銅駝棩究極根源殺太初正始諸公夏侯太初爲彼善於此然爲老莊之辛而皆急於声利外靜内燥則同也太初爽姑子与爽皆非將才乃祖与代蜀以求功名何晏丼如鬼蜮太初与爲黨友晏丼危於朝露太初不知也爽誅太初以爽故不得在勢位居常怏怏凡此皆非老莊之道也既以浮虚敗俗復以急利覆宗

十家血染市朝紅更漲餘波及李豊老子莊生真毒手子元子上即而翁十家謂曹爽何晏鄧颺畢軌李勝丁謐桓範夏侯玄毋丘儉諸

葛誕儉誕皆以与
玄善故起兵而敗

毋丘儉

十萬強兵無一人義師翻得叛臣名奇功一夜歸人手空使文鴦待到明

當時司馬氏之徒如雲而淮南之叛皆率尔而起無一良士文欽畏司馬師如虎倉卒遇之莫知所為而以驍果見愛於曹爽毋丘儉何執子鴦年少勇冠三軍夜所司馬師営卒軍驚擾師病目突出忍痛嚙被旬日而死是夜欽不与鴦失期二隊並進師非殞則獲不止於関東之蚴矣師敗則魏軍氣沮欽軍氣倍还与儉合以鴦居前胡遵諸葛誕如破竹耳青雲良会一夕失之蓋毋丘諸葛皆夏侯玄黨交大言輕率夲大事不擇人而以虛声募实效以司馬師之沉摯鴦傳士基之智勇而鼓浮虛輕躁之徒以從之驅羣羊以逐虎狼也

諸葛誕

義旗照日映淮流不為曹孤為夏侯麾下諸君底心
性海中五百又楊州毋丘儉諸葛誕能一意為魏計賊臣不為与夏侯玄友善有畏禍之心則雖死而光矣清談起漢末至正始轉為清虛然夏侯玄嵇康諸葛誕統有孔文舉之余風故誕死麾下数百人拱手就戮死降者至晋初始一於浮虛無復慷慨輕死之風矣

夏侯令女

諸公競起滅彝倫特立當年一女身盡付輕塵棲弱
草便從正始斷無人輕塵棲弱草此何晏鄧颺諸人緒論也正始中曹爽家為老莊淵藪夏侯令女居爽家甓立万仞不可轉移此天命之性也魏晋不長政由於此何者五帝之統常在天下不可滅也不然人類滅矣

嵇康

銅駝荊棘夜深深尚想清談撼竹林南渡百年無雅樂當年猶惜廣陵音渡江之初無樂宗廟惟有登歌而無二舞至宋文帝元嘉末南郊始設登歌

嵇紹

佞舌如簧亂孝思竹林人物固猖披御衣烱烱嵇生血不侶王生淚着枝洵惟此以嵇紹之忠未及王裒之孝

王裒

正始頽波萬丈深卧冰泣竹盡漂沉尚餘淚染無枝樹撑拄乾坤直到今王祥為魏三公視其君如弁髦国如傳舍以馮道孟宗為呉光

禄勳當孫琳廢亮時孟宗為告太廟

阮籍 二首

中道難行古已然東邊扶起又西邊一般等是墟人國莫道三君與七賢刘伶阮籍昏酣遺落懲漢末清議之禍而反之然与去水入火何異

截髮哀號孽婦前晉家無地亦無天當時阮籍丘中骨擲向黃河尚帶羶清談滅棄礼法起於何晏夏侯玄成於嵇阮故賈氏弑楊太后夲朝安之

范粲

半生脚不踏晉土有翼還須飛上天好遺竹林諸放

◎

逵談莊説老寢車前波流風靡之中如范粲者真砥柱也

司馬孚

心地終輸范粲安魚熊蕪得古今難永嘉陵墓温明器得似安平素木棺天命之性不臧故司馬氏有孚武氏有攸緒也攸緒不可及矣司馬孚武平一次之賈模又次之朱金昱又次之皆易所謂中行獨復者也賜器事見本始八年

何曾 二首

君親忠孝豈殊途甲有方能罪乙無座上研研嗔阮籍不知聯席是公閭司馬昭方死君安能罪阮籍之無親乎司隸校尉不問賈充獨於座中面質阮籍斯亦不知類也

家國兒孫付五胡奉身恨不及齊奴君王但説平生

率政為諸公昧遠圖司馬公曰何曾譏武帝偷惰取娛目前不為遠慮知天下將乱子孫必与其憂何其明也然身為僣侈使子孫承流卒以驕奢亡族明安在哉且身為宰相知為君之过而不以告而私語於家非忠臣也曾日食万錢子卲日食二万孫綏机羨汏侈尤甚綏為東海王越所殺及永嘉末何氏無遺種矣

王祥 二首

君王宮裏望安舒何啻慈親念鯉魚體認卧氷真意思忍看成濟犯鑾輿王祥孝子也為魏司隷又為大尉居三公之位而於司馬昭之廢弒若不見不聞者使閔曾二子當祥之時豈肯居祥之位不幸居祥之位豈忍卲陵高貴之廢弒恬然晏然无所去就哉廢弒篡奪無所不安魏太尉晋太保无所不可与馮道如一人也盖督羨而不知孝行於家庭有余以处大事立大節則不足斷矣此孟公綽所以止於趙魏老而古人用人剛

杀文武之各有其所也

倒載山公即巨源清談安石幼輿八孫晉家禍亂深如

海半出咸熈太尉門王謝二家以清談与晉終始謝氏出於鯤王氏誰為之兆乎理致清遠四字皆晉人膏肓之疾也王祥為魏晉三公於国家大事大倫皆無所問而有理致清遠之稱豈平居道堯舜而談夷惠乎未有道堯舜之言而安於簒弑之禍者王戎王衍王澄居高位食厚祿禍乱危亡畧不經心唯終身為清遠之言豈非以太保正始之際為師乎或曰不拜司馬昭何如曰此馬道受郭威拜之類也年皆從之独少与之抗礼固奸人之所樂也太始四年祥卒族孫戎嘆曰太保當正始之際不在能言之列及問与之言理致清遠豈非以德掩其言乎

晉武帝 三首

杳杳羊車轉掖庭夕陽亭上北風腥紛紛羔羯趋河

洛為見深宮竹葉青石勒倚東門而嘯本非有天下之志掖庭万人華林金谷有以動其歆羨之心耳

斥出維垣令太師盡留群小鳳凰池争知暗裏牽裾

子元是屠家揣肉兒知惠帝昏愚而終不易者一為荀勗所蠱二溺兩楊后之愛三以皇孫遹之慧也齐王攸忠矣友愛又有先帝先后臨終之託用是擯逐斥絕以至於死然身後之事皆出於不料遹果賢猶未知其所極况後來之乖繆乎

宮中擲戟又飛刀謝玖兢兢命若毛豈是君王輕社稷天教孅蘗謝芳髦太子昏愚身後之事无一人可伏又加以賈氏之兇悍此不又圣主而後以為惧矣皇孫遹可喜然賈氏舅姑徐在殺人擲戟無所雀一日得位遹其不為如意謝玖其不為人彘乎豈天欲假手南風為魏報仇而奪其神明乎

楊太后

醜短妍長熟用心國家持換郭槐金賈太后一門姊妹同傾晉餓死猶輕罪更深惠帝昏愚得不廢賈庶人得為太子妃有罪又得不廢皆楊太后姊妹功也賈氏之報當何如𢦏然賈庶人得位一朝而滅楊氏幽辱其姑而弒之前日主特保護之恩死有也与唐王皇后武才人事相類尤足以為毋后徇私背公者之戒

楊珧

塗山千載又關雎幾世天家共玉輿不夾鳳凰池上客全宗安用石函書𥅆楊珧上表与胡奮語楊駿之言是使為帝王者無妃而後可也古姪娣媵近世陰馬未嘗有滅門者不原其所以滅而徙以与天家婚為懼亦不思矣楊珧兄弟以富貴驕人乘武帝荒淫挾勢用事交通請謁賂斥勳舊又利太子之愚惡齊王攸之矣与荀勖比

純共構攸而逐之武帝結終迷乱楊氏徃拗禁中私樹心腹斥逐大臣遂專晋權內外反目卒覆晉室後來無異乃特石函藏表冀以免禍是灌薪積薪揚風縱燎而恃蹄涔之水以為安也

司馬攸

咫尺含章路不通桃符渾不記臨終青州政似恒三代何用依依繞膝中齐王攸懿親賢佐武帝友愛未衰而終不容虽繞膝間之亦天不祚晋也使攸能知變都督青州之命拜而受之韜光潛德以為他日撥乱之謀夫豈不可然而晉室无是福也要之攸虽矣而有礼然為賈充塀不容遂憤惌以死死亦非負荷重任有重耳之才者其先国家而死亦未為不幸矣

羊祜三首

群心争欸剸公閭愁綴凌雲醉老奴緩帶輕裘信瀟

洒曾知晉事已如吴太子昏愚賈妃兇悍帝心蠱惑朝野咸知豈以羊祜張華杜預而不聞乎衛瓘撫御床時內外已切齒賈氏而羊叔子諸公謀吴而已矣祜不附中朝權貴嫉其邪也邪在君側豈憂国愛君者之所能已乎道孝不明士不知大孝之道晉武欲行喪礼叔子不能諫礼義以助其決乃与傅玄私議玄不從而遂止君心內惑小人在側而亦不知蓋不知孝則皆昧本而徇末若羊叔子之類是也

尺鯉何曾到賈充太阿曾擬血王戎淚痕不到沉碑上似為苞苴走路中祜預同謀伐吴祜在襄陽不附中朝權貴為馮紞荀勗所譖者不失其馳也杜預繼之數餉遺洛中貴要與其不為害者詭遇之獲也由君子之道則虽不成平吴之功寧為祜而不為預矣

呂蒙江上櫓猶羞曹操徐州血尚留千古渭濱弁峴

首淚痕不逐谷陵收諸葛亮渭南羊祜峴首皆庶几乎王者之師人才兆古今道未嘗不可行也

杜預二首

晉武良心獨未亡娼家瀆禮自多妨洛中冠蓋無多日元凱春秋亦短長晉武欲行喪礼良心也即位之初蔚然賢主善政嘉言可紀者如以青麻代牛纓以矯前朝奢侈之俗立太子不赦令太子拜師傅等事皆漢以來絕無而僅有者既為賈充荀勖華所蠱諂能以鄭徽請罪皇甫陶而免其官其心能正也為其臣者當其欲行喪礼之時遂其良心導之以古訓擴其心而充之事事以喪礼為準則成康可及堯舜亦可為矣運祚詎可量哉裴秀傅玄荀顗無識杜預春秋之李亦為邪說以沮之使其良心不繼荒怠日生既然皇太后喪而声色宴遊之事作始終如兩人蓋礼樂者文長深遠之具晉室得非其道亂亡不久故有矣

君而不生良佐始雖暫治終於大亂此則創業垂統者之所當戒也

旄頭兩度茀鈎陳黃色頻年闘孟春長曆春秋兩高閣東南填淤正肥民

衛瓘 二首

此座傾危不信人此身便合去朝廷淩雲莫道非真醉直到身亡更未醒

此座可惜之言不得行則當為保首領之計矣楊駿獨侍疾禁中乘帝迷亂改易近制私樹心腹勳舊疎斥不得受顧命當此時奉身而退猶可全也惠帝既立賈庶人得勢族楊駿弒太后禍難若既來之慾去无及乎不能正主匡朝復不知保身全節高蹈而受誅夷徒見富貴之禍人耳

栢接枝柯幸少踈洛陽宮殿已為墟休論榮晦歸田

續忘讀金墉稽顙書辯智以取鄧艾為杜預所笑又以其術破弱鮮卑豈徒非中国制夷狄之道於晋曾何補焉此座可惜豈如羊車之尤可憂不治內而治外不慮本而慮末欲使鮮卑無類東宮為人社稷之憂方深幸楊太后之廢有心者以為人類將盡而晋室三公辱顏屠位楊駿既誅羣公受賈氏風旨廢太后所謂群公者非太保雍寺乎就不与名亦難免於春秋之誅矣

張華 四首

孫皓泥頭入洛陽後庭奪目萬紅粧銅駞北去還西徙不怨荀馮怨杜張吳可取也然張華杜預之計徒以驕其君以益其疾耳故吳虽當亡而晋之道不若山濤之言為太子昏愚賈充荀勗馮紞羊琇蠱惑左右楊駿楊珧兄弟濁亂朝廷相与擠司馬攸而殺之此之不慮而誇取吳以為功不亦愚乎吳平武帝遂驕矜放逸沉溺後庭選孫皓宮人五千人入宮合為万人神鑒日昏廢政日廢社稷之憂日深闘言而不暇所有念而不

暇續也杜預張華非無耳無目者曾无片言以諫
其君豈以內作色荒酣歌恒舞之不足以亡乎國
將以孫皓宮女
德色於其君矣

應是諸公愛阮咸所天亦把付清談張林若責金墉

后當日張華死更茸清談巳来三綱𠄢廢故張林詰
張華但責其不死太子而不責

其不死太后真西山曰世之論華者皆曰成乾之
諫不從而不去此其所以及禍也愚謂不然方楊
太后之廢也三綱五典於焉掃地華嘗諫矣而不
見從於是時引身而去乃全進退之節華方安然
進君相位坐視楊后見弒而不能救逆天背理孰
甚于此孔子稱由求為具臣曰弒父与君亦不從
也婦猶可弒太子其不可廢乎故曰華之當去
在楊太后見廢之時不在愍懷見廢之日矣

孟觀孫秀尚同寅足了優游卒歲身牛斗豫章才尺

五中台何事不關人孟觀賈后之黨相与賊楊氏廢
太后者未幾華薦觀討齊万年

謂其有文武才則是相与造滕矣華於賈后未出失歡又与孟觀造滕孫秀虽仇怨然方深交賈郭此華所以有優游卒歲之計而無所倶欤

滿耳羊車若不知聾人何許覆危機中台星拆渾閑事哭殺旄頭彗紫微

裴頠

惠帝君臣一樣愚九龍翁仲淚如珠眼前喪亂渾如罔崇有何當却破無

當時乱形亡理可謂有矣裴逸民崇有以破無亦若刘伶輩熟視不見太山静聽不聞雷霆何哉衣服在躬而不知其名為罔夫見富貴而不見死亡是所謂罔者也其能免乎

山濤

君王祖述竹林風竹葉紛紛插蒲宮禍亂古今惟晉

酷是非憂樂一山公東西晉二武沉湎酒色蓋開竹林之風而效之者晉朝公卿雅山涛頗念天下事若釋吳以為外惧与州郡武備不宜去後庭游宴三楊用事数有規諷是也然此事皆竹林之所遺落者樂於竹林而憂於国則裴頠之論是矣

江統

卞莊已覘鬩於羌羌論方規逐五胡莫把亂華罪戎狄鮮卑臣節過荀盧江統所言侍御史郭欽言於武帝之世矣不能行時刘渊在并州已強齐万年虽破而匈奴郝度元与馮翊北地馬蘭羌盧水胡反叛洛陽氐楊茂披據仇池當時行統言則一呼而起矣老莊奔溪之俗已成賈廢人之燔已熾諸王之相噬已有形跡如統策不逐諸戎晉室能不乱哉以慕容廆招拓拔氏段氏覬之夷狄之人皆吾人也苻氏姚氏刘渊慕容垂有

以服其心皆吾之蕭曹韓彭也有道則與守在四夷
不道則一卒足以亡秦何必五胡能扛晉鼎哉

周處

白額長蛇巳就戮不知賈郭更難堪東吳陸喜鄉先
輩五等還應有第三 周處以御史中丞覈惠帝元康
間号為弾刻不避然當時上下
之惡大於司馬昭者多矣今可見者独嘗弾昭至
於賈郭之徒初未聞也六陌之死羨矣未若正色
揚庭辯之歴井幹之為快也陸
喜評薛瑩事見武帝太康三年

張翰

晉家事勢若崩河忘却吳松好月波莫把季鷹誇二
陸思鱸羨鶴不曾多 元康之末永寧永康之間枉靡
歌舞之中死故而罹臧身赤族
之禍者非一人一家矣晉禄無可食之道司馬冏
又非可与共濟之人雇榮張翰違晉不去欲何伺

◎

乎禍迫而後彿衣矣於陸机則可方之帝忠董莽為巳晚矣

陸機 二首

千里蓴羮七里尸兩般滋味豈難知建春不幸成纍葛劉盡流蘇定此時河間王顒成都王穎率兵同伐京師也顒將張方穎將陸机張方逆矣然以机之心与其所以治軍馭下者覌之苟不敗建春門則机亦張方尒立身一敗万事瓦裂机之謂欤張方逼帝迁長安軍人掠後宮劉流蘇帳為馬韉事見永興元年

須信雕蟲不用工至今天地不相容君看奕葉東吴陸轉作詞章便覆宗文人如宋玉李斯司馬相如揚雄班固蔡邕曹丕曹植阮籍潘岳陸机陸雲謝靈運范曄孔熙先王勃宋之問駱賓王李嶠張說李賀杜牧柳宗元劉禹錫元稹舒元與南唐馮延魯兄弟与近世蘇氏之徒皆輕儇浅薄浮華誕妄且復矜其功慧傲睨人物荒淫不

道徃徃為之禍乱死亡不知悟也淑身之術衍敗俗之罪尤大故程氏之門以高才能文章為人之不幸使讀書而不知道豈為天下者所宜尊尚哉

顧榮

石勒王彌尚未昌東南先有顧丹陽顧榮持易淳千首未必江東只許長雇榮欝乜乱世不能肥遯欲假陳敏以行其志使敏自有刘淵石勒之才荣必委身与終始否則侯敏敗中国乱而自為敏耳迨敏日削朝廷未乱始与甘卓共畜敏以免禍使懷帝猶有政刑雇榮周玘甘卓其給哉王導經始江東不革西臺餘習雇榮得免於西朝而復得伸於江東荣適誅無足言而江東之不競亦自王導初政始矣

劉弘

三綱正自誅辛冉二盜清由識士行江左百年半天

下曾知開闢是新城張昌乱荆陳敏盗楊非刘弘信義威德行於南服誅辛冉以正上心援陶侃以摧賊勢則荆楊莽為盗區琅琊王何自入張昌之平皆侃之功崔荣周玘斬陳敏亦王以上流之清侃華之逼也使皆如王澄山簡之在荆州則當時之乱豈但北方而已

王導四首

不聽君王到壽春肯容麴允起咸秦茂弘周顗渾無晉何但琅琊不是親王導知琅琊有自立之志遂棄晉室而從之懷愍之禍疾視不救然琅琊王於宗廟社稷無可繼之理於懷惠君臣之分不可逃也懷帝阽危不救已為逆矣楊州都督周馥馳表請從寿春怒而攻之此何心哉愍帝求済師時刘石負強猶介於刘琨猗盧段氏之間中原如李矩郭續輩或嬰城或擁兵京州張氏遼東慕容氏皆不忘本朝引領與復使江東能以十万之衆付祖逖陶侃周訪輩鳴鼓而北責南陽王保使出兵移檄四方刻期会合不日而成功矣

南陽狼耶不肯進兵路人知其心也當時爲之股肱者得無同此懷乎終之南陽自然狼耶名義不正受制強臣悒悒以死若王導者謂其忠於狼耶則可謂其不得罪於天則吾未之信也蓋茂弘之度坦夷清素才識志氣實泰輔弼以爲太守方伯或可使宅百揆非其任矣考其本末差賢於孔光馮道耳桓彝溫嶠皆以夷吾目之使管夷吾處永嘉建興之際居數千里之地其終無一匡天下之志乎

醉中送首悲劉徹食囊迷唇弔馬流江左當年何所恃鄰中白鴈合封侯

茂弘自過江執政三十年支吾補湊以苟歲月未嘗見其深思特牽某將某相將爲大謀遠慮者陳頵卞壺熊遠之言不用祖逖之才不識大言死實便辟巧佞之徒不競愛之羊鑒失牽貪於使周莚討周續而謂鑒亦莚之流也司馬流敗懲湖遂使蘇峻披猖急雖用人良爲可笑劉徹未論其他苟嗜酒則不可使矣歷陽大守袁耽以石虎游騎十餘震動東南

當時藩籬之任如牀若多矣臨終奉何充似可人然晉方艱難以充為可任社稷亦過實之言使石虎不自貫盈鄰無自焉之變席卷而南豈何充更氷所能辨自負江東佐命安受成帝師傅之礼遂与桓景造膝在王導固非姦私然於宰相之職為忝矣石虎謀平蕩江南時何充為揚州刺史録尚書省事史稱其正色立朝強力有器局以社稷為己任一以功名自効不私親舊又言其䍐比康雜信任非人崇脩佛黨供給沙門以百數糜費巨億然則其少悔吝者在位不久耳司馬流事在成帝咸和三年刘亂事在四年白焉事在咸康八年

萬里凉州道李雄幾重遼海到江東天基更棄金陵去端有何顏見北風江東名兼不正因顏靡不去自立王敦蘇峻祖約自內叛之而張氏慕容氏不知江東肺腸事梯山航海万里致恭良以受西朝爵命有不能忘者豈江東之德足以致之哉裴山欽張淳到建康特茂弘以晉室上公受其謁得無內愧於心乎蘇峻之乱宮闕灰燼

温嶠欲迁都豫章三吳豪傑謂都会稽而茂弘不從者盖惡之心徙存故也迁豫章則示無能為入三吳則去北方愈遠而太忘中原矣此茂弘深意不以告人者也

漢亡胡塵撲面飛對人舉扇障元規九京羞見青衣

帝猶及劉翔未到時茂弘緩死一年必為慕容使者刘翔所辱所請必從猶足以錯其口少或遅回取凯蒙詥當与何克氷瘦無異刘翔事在咸康五年

謝安十首

地陥天傾不廢碁謝安阮籍好同時江東殘局危亡

勢似太元初尚可為魏晋風俗以樗蒱奕碁寓遺落世事之意宰相不廢碁非小過也孝武亦中主天下事尚可為惟安石負盛名而以宴游導君此中原所以絶望晋室所以遂衰而不復起也清談之終至謝安遂不可救中原之望至謝安遂絶晋室謝安遂淪胥以亡謗史不可不

知也

軍中如意揮諸將依約東山嘯詠兄不遣君王湛酒色市朝猶足肆王甥謝万身為元戎笑詠自高忽蔑諸將以致傾敗父兄之教也王國宝搆乱朝廷蓋乘孝武与琅琊王道子嗜酒狎䁥而入使安石能清其君心去其左右讒諂国宝既搆乱尸之市朝可也不能則正言以去亦可也遊談之俗付之悠々乱朝敗国卒成大禍迹其所致有自來矣

臨安猿鶴共清吟猶作投梭叩齒音商鞅禹文無辨別治城數語是何心安石東山即幼輿之丘壑居喪不廢琴瑟蓋其家風久矣治城之工諦王羲之之言以商鞅拒之鞅誠死益矣夏禹文王亦為滞於事物而不逆乎詖淫邪遁之言也生於其心發於其政害於其事此貴若相業所以終愧於古人欤

符氏無良妄自尊鮮卑羌豎正鯨吞到頭甚酒消磨

晉莫道桓冲果失言淮淝之事古今共爲所戕之士猶有可言謝不謝琰謂之不經事少年可也謝玄破秦之後喪轉衰謝而以為弘毅任重之才亦未然使符堅不以驕矜多欲失衆容垂姚萇之心付兵二人分道而來持重而進桓冲之憂豈為過哉用兵者特我無可敗之道不討夫敵之堅脆今以游声妓之宰相溺湎耆酒色之君與氐羌鮮卑群雄為敵國桓冲之憂豈為過哉

安石深源不共朝共爊俎豆不逍遥無邊赤子皆延頸掩口胡盧獨李遼穆帝永和八年殷浩以北伐兵興罷遣太學生徒李挍遂癈太元十七年李遼上表請脩兗州孔子廟仍立庠序不省

封胡羯末皎琳琅歲久渾無憶洛陽江左家君照江水謝安元為宋齊梁安石欲作新宮王彪之固執不從猶有志存興復之士彪之死

遂作之則見其迷安於江左而無復中原之念苟於其身而不為後來之慮矣孝武信重浮屠竺精舍於殿內引諸沙門居之安石執政之八年也其後窮奢極費娉姆僧尼交通請謁賄賂公行官爵濫雜刑獄繆乱無所不至矣

何國嚴刑禁老莊有人拔劍斬常郎氐羌本自無天運為有人心得暫狂孝武寧康二年秦禁老莊之學犯者棄市後秦古成詵斬常高事見前寕康註中洵惟此豈所謂不如諸夏之无也兩晉以談老莊而亡国胡秦欲禁老莊於不行豈所謂天下无道道在四夷哉

宜元社稷等沉淪不了昌明道子身奪得栢符二賊手付與趙牙張貴人趙牙事見太元二十年張貴人殺孝武事見二十一年

諸賢一一是琅球一入清談即鬼幽何但簡文如惠
帝治城安石亦斯流清談之人雖有高下裁作此樣声氣面目便是管輅所謂鬼幽
鬼躁鬼者去陽入陰渾無生氣雖生而已為死人
也幽者晦昧黑暗不可復明之謂躁者利欲之心
實急於中外似靜而中實急也二者大体皆似去
陽入陰故皆曰鬼也竹林七賢何晏夏侯玄王衍
殷浩王濛謝万簡文帝悉是此樣人謝安亦
不免焉治城数語与居喪不廢絲竹是也
未只甫登朝日月昏争知安石亦淵源當時赤子何無
禄直自高曾誤到孫王衍殷浩誤蒼生安石亦不免焉

劉琨 二首

竹林遺類入荊楊賈郭餘塵在晉陽聽得平陽消息
否恐聽徐潤調笙簧刘琨長於招懷而短於抚御者大義先声足以得人而奢豪声

色鬼用非人足以失人也国破君亡崎嶇刘石之間如握蛇捕虎平陽在望懐帝尚辱而不忘望塵時習氣与伶人同處一殺令狐盛衰轉遂失幷州以亡其身以及其親魯是以為忠乎殺令狐盛事在永嘉六年

劉琨忠孝君親念急切不似令狐泥亡身自是緣声色須把初心看匹磾琨以敗亡之餘依段匹磾不忘本朝与相親孚助其攻討拼使君上其子群無故行險以締其父匹磾鉏殺琨而猶依匕晉室終持晉節以死於石勒然則匹磾於群胡中為無愧矣

祖逖

馬牛風自不相謀異體安知蝮螫頭北伐不令持寸鐵楫聲空震大江流琅琊王不可事王導不可与北祖逖苦求北伐得無技齊乎叢

之功業不就心遠身死不擇所事故也

陶侃

蘇峻鯨奔正可憂翻令王室備荆州五陵松栢無遺種讒為桓温拾竹頭

陶士行以不与明帝雇命孩視庾亮王導等与祖約蘇峻正同獨不好犯上作乱耳峻約之反不忌士行正以其怨朝廷与巳同庾亮使温嶠無過雷地一步備士行也士行死此心而迹則似矣卞壼戰死峻兵犯闕乘輿蒙塵臺省灰燼庾則太后以憂殂士行疾視不救蓋欲坐觀庾亮王導之敗以為戳耳徐起而收之也然非為人臣之道矣為士行者王敦臨死蘇峻未反之前厉兵秣馬責王庾以復仇之事幸從之則以士之行之威声北伐之勢當易於祖逖蘇峻祖約將效驅馳之不暇如其不從則王庾愈死面目於世而士行之道無愧庾亮或加疑忌須陷則退而俟罪長沙敗亡不与其或奉兵相加則声其罪而討之亦未為過柰何委質為臣坐視宰相之

罪以及其君乎溫嶠不加委曲荊州兵不下蘇峻究其兇虐成帝必遭其辱士行此際欲何為乎居用武之地有數十万之衆無一語与朝廷議及北伐殄迹於張昌陳敏而卒功於杜預蘇峻郭默白頭逞慕僅以迫近使桓宣收襄陽士行之功烈亦卑矣或曰士行為王敦所擯居南海十三年歸而襄矣石勒已大江東宴安已成故從而順之耳然非為人臣之道也

殷浩

王濛謝尚不堪論庾翼桓溫亦浪言兩晉士風真可咲盡將管葛許深源王衍殷浩如狐如鼠而王戎謂衍非今人可比王濛謝尚与當時人皆以管葛許浩庾翼獨不重浩謂曰俟天下太平徐議其任桓溫素輕浩復言其足以儀刑百辟皆不知浩者也清談之俗入人骨髓方共嚇傲偃蹇衆共高之更加隱退遂以諸葛亮目之以其進退當作治亂存亡群諛既集遂成天人一旦用而敗事技窮情見不自悔咎前日相与推揚尊敬

之徒亦未聞其慚色此晋人膏肓之疾也

顧和

喚起鯨鯢滿北州過江仍復漏吞舟一時共愛恢恢網不悟三綱爛不收和以漏網吞舟勸王導所謂以水濟水非鹽梅之義也

王羲之

不緣廊廟尽談空安得狐狸嘯晋宮王氏可人惟逸少更容謝萬作三公觀羲之諫殷浩謝万書与会稽王昱桓温牋及与謝安登治城數語在王謝中賢矣然与温牋謂万不可為將帥而猶謂其才器經通可主廊廟政与桓温論殷浩同是佗以王衍為非誤国也

徐邈

東第山成亂亦成長星映酒甚分明分勞太保惟徐邈誰道能言獨許營謝安致君之業徐有薦徐邈為中書舍人以有補拾之益然武帝之過多矣皆古訓所謂未或不亡者邈未嘗有言徒開脩雍識辟使可示外而已道子被盡邈亦不以為憂但勸孝武篤兄弟之義立佛舍於內殿僅有左丞王雅能言婣婣僭𠑹乱政惟將軍許營一疏道子之愆惡以為言者博平令聞人奭一人耳社稷之憂范甯之外一无所聞也太元二十年七月長星見

慕容恪 四首

霸𩗗凮沙雜亂飛段龕城下見春歸時來但處周公位歷𨷖華人百世希當時人才南有謝安北有慕容恪西有王猛較其分數玄恭其賢矣安石善処轇轕之際富貴之心薄而家世清儡無能遠猷王景畧干將吳鈎薄於德矣玄恭小

慶而心正獨不能力主李續終殺沈勁為可恨亦其討段龕城下數語天地鬼神實聞之事見宋和

十二年

五族交飛日月昏就中造化尚堪論景雲峯起龍城裏猶為遺黎憶太原五胡鮮卑為長匈奴氐羌羯胡滅而復起者惟慕容垂復興於故土至慕容寶盛起魚奔敗微弱慕容熙以不道猶十餘年而後亡慕容恪之餘澤也

一聽芭蕉葉上寒鼻頭倍益舊時酸河清未遇三千歲水手猶輕十八灘洵惟此是此体創業艱難之狀俱見於此

傳說濟川空道在彥方敗鬻嘆時難年來惟有樽空慮一任滔滔溉倒瀾

慕容垂

國亡家破此心全氐與鮮卑兩付天王猛開心似諸葛風雲無望白頭年慕容垂善處甚多髯齔用兵功名蓋於五胡而不驕其国家宗族慕容儁慕容評可足渾后妬害交集曽不以為忿怒符堅滅其国王猛殺其子終以礼遇之厚不忍忘之白首暮年風雲有便事事是晋而不欲速有曹操孫策之才而不忘刘玄德之信義使王猛推誠以待之將感激知遇終老於秦無復飛騰之想矣

符堅

甲申乙酉是明朝趣死驕氐氣欲飄一寸菰蒲長一丈無人知是宋人苗符堅亡於驕矜欲速亦王猛之不知道無以養其志氣故也

王猛二首

魚水歡濃更月氐便呵氐族使耕炊浮雲蔽月何難

見獨有操琴趙整知猛得符堅之鬼使堅殺樊世亦大横矣未死前符堅已与慕容垂夫人同輦堅之敗不係於王猛之生死也

一奮冲天跨六州生前天已怒旄頭開何有意容王猛背使魚羊食不留孝武康寧元年四月彗星及冬不滅明年秋王猛卒

符登

南安怒氣塞長安羌運如氐湊暗潛捨却存亡論理義江東不似馬毛山符登堅族屬以狄道長為衆所推刻厉奮發正名仗義以討姚萇秦州之戰几梟賊首安定之敗怒氣不衰其所感慨足以使堅主徐嵩数節於前其妻毛氏守義於後虽以氐虜不競終致敗亡然其英風義氣使江東清談諸人聞之亦足以寒其膽矣事在太元六

十九年

何無忌

懐恩馬椰志何卑挾恨東堂德愈衰猶有豫章蘇武節不慚京口協謀時

劉裕 四首

雲雨蛟龍無世無睡中徃徃失明珠比干七竅天何惜不付曹瞞與寄奴

何事佛貍能度淮中原千尺髑髏臺無巢燕子寄依樹不入烏衣巷裏来刘裕坐失中原之会徒以其心之不正爾佛貍南下元嘉敗衰蓋起於義真佷狠之日然身弒二帝戕諸王而其子孫無一人得免於有善惡之報亦可畏耳

◎

長安何但遺黎舞翁仲銅駝亦笑開他日佛貍南下
路青泥千尺髑髏臺
殺人廣固哭如雷肯任長安住不回想是齊秦人共
語不知胡羯自南来

劉道規

荆州一席不肯取晋鼎百年寧忍移不死廬循函首
日忍看張儁授瞿時道規刘裕弟也苟其不死裕之篡弑道規未必從

陶潛

謝瞻屋裏立籬墻似水弘微糞也棠康樂始興門户
盡聿脩祖德獨此桑宋篡晋上謝子孫皆肯事之独淵明為陶士行有肖孫耳

梁武帝 二首

浮山未破水先膛浩浩蝇蚊晝夜聲東海不知蕭塞味誰人十萬作犧牲

戒捨工夫老未肯百雙鷄子送殘年一生般若成何事贏得江頭載荻船蕭正德事

高歡

段韶谷剎千金鑄彭樂丁公七寶裝虎子得來成底事何如抱犢卧雲岡以漢高帝彭城滎陽鴻門孫權逍遥津曹操濮陽潼關高歡宇文泰渭曲比却等事觀之出万死一生之中使得天下又濟甚事二帝三王安有此樣顛沛故曰君子居易以俟命小人行險以僥倖又曰易簡而天下之理得矣王伯之分不必他求但以劳逸作动

泯之亦可得其大畧矣

侯景

曹操桓温不自持跛侯面上雨淋漓姦入何事乾坤裹一日雷霆十二時蓋惡之心姦雄不能臧曹操全強桓温至恐當其為不道時皆流汗沾衣况侯景哉圣賢言語道尽千万世人心事

唐太宗

文皇仁義播敷天李氏無倫三百年末路荒唐如煬帝蜀江更起度遼船唐太宗進銳退速絶及五伯一退即死又貽国家无穷之禍不知正心莽氣故也

魏徵

東宮無德倚儀刑，又似當年傳建成。可笑鄭公如百舌，春前夏後兩般聲。魏徵始以太子洗馬傅建成，終以太子太師傅承乾。建成、承乾，其德一也。徵於建成僅有勸除秦王及封竇建德樹功二事，於承乾則邈乎無聞，豈其智在王吉、龔遂、李綱、于志寧之下乎？觀貞觀論諫，如兩人然。

房玄齡

周公制禮鳳凰鳴，渠肯抽戈指建成。李勣牛山猶雨露，玄齡夜氣失澄清。房玄齡首勸世民殺建成、元吉，惟李靖、李世勣不与。

五王 三首

宮中雙陸可長吁，取日忠臣若釜魚。莫道斷蛇無决裂，天戈失却芫蟾蜍。

太宗社稷是誰亡獨向迎仙斬二張景運門前方議事殺身不必咎扶陽二張已誅漢陽王勸兵景陽門歎遂夷諸武薛季昶亦勸之桓彥範不從亦会日暮倉卒遂止然則宰事之前但謀誅二張未嘗議及諸武也其暗於事理客勸勿匆如此宜其敗也扶陽王桓彥範也後來受禍衆始咎之

唐室存亡有化機亳州刺史獨依依陽烏本是蟾蜍魄空喚群龍為夾飛

盧懷慎

萊耳杯盤冷似氷開元天下煖如春唐人不識調羹手把作姚崇伴食人懷慎清德絕世二子奐弈應夙死節照輝當時開元初政相懷慎此其所以為開元也

盧奕

清門死節照當時面血猶能赤義旗常山睢陽信奇

偉英風生自洛留司朋友為五典之一以切嗟之益相奬相勸而善也天宝之末諸

死節可見睢陽三十人之死㲄於張巡微張巡則皆逃亡臣虜矣然張巡之節実㲄於顔杲卿杲卿

兄弟則關東都之風而與起者觀顔平原与盧杞言事可見也慷慨非難倡始者為難故當時死節

當以盧弈為首留守李憕非非義士也買田蕭老門伊闕時人以地辟目之感激於奕亦能致死如近

日潭州數十人之死成於李齐謝枋得之死亦成於文丞相此則李效之漸磨麗澤之滋益古人所

以重之也

竇氏二女

氷霜不肯受塵埃攜手同蘩百丈崖熊掌嚼來似鷄

朋問君何事苦關懷

元紫芝

天寶膏肓在羽衣寂寥千載詎能醫當時宇宙皆聲色不夢陽臺一紫芝元紫芝在開元天寶間終身不近女色若矯世之為者為魯山令時正諸陽炎炎之日也

顏杲卿

驪宮歌笑入青雲曾識常山有戰塵忠骨已澌餘髮在因人得見夢中身顏杲卿死後有張湊者得其髮明皇幸蜀歸以其髮獻之是夕見夢嗚咽而祭之持示杲卿妻疑之髮若動云

憲宗

韓愈南投瘴海波元和天子老中訛檀檜金燼猶堪笑頭作重来赴火蛾以諫貶（憲宗元和十三年迎佛骨韓愈以諫貶十五年為中人王守澄所弑人謂佛骨之不祥也懿宗咸通十四年再迎佛骨百倍元和之後或以憲宗之事為言者曰使朕得生見佛骨死亦无恨四月佛骨至京師七月殂）

韓愈

楊墨鈍能本一區大顛便是悪溪魚退之也是無操守一貶便陳封禪書

柳家婢

過了秦灰漢又唐衣冠誰不是牙郎河東柳氏何師法奴婢猶知蹈大方（柳氏婢入武人家主人自買絹婢曰我在柳家未常見此自還）

綱才即不畱而出

蘇東坡

方朔優俳豈舜徒南來謾喜落蒼梧天津醉裏乾坤眼只見雙程不見蘇康節云今天下聰明過人惟程伯淳正叔其次則其胷中之防予奪可見矣

王荊公　二首

鴛鴻陣陣落南溟長樂鐘中黑青行逐客不愁人鮓甕荷花落日第含情

两鳥相酬聲沸天治平重看一啼鵑鴛鴦鷗鷺無棲處緘口于今三百年洵惟此黙寓論新法遂去許多賢人

司馬溫公 三首

矩步規行範古今山樵野牧共謳吟荷衣蘭佩通身是却看離騷不入心

詢惟此末句言不取屈原之忠

千載爭刿漢賊腸及覩通鑑似文王兩間正氣都輸予猶惜坤中一點黃

詢惟坤臣道也一點黃指心言取曹瞞之正氣而不取其心也

步趍坐立若山河盛德華夷共詠歌論議頗偏真可惟阿瞞高帝或蕭何

朱文公

九野寒威閑六陰一川風月伴瑶琴以樓岩下入如
玉說與漁郎子細尋武夷櫂歌進道階級也一首言道之体用一源无上下精粗之
間然不可无人發明一曲謂孟子死傳道喪二曲李道由遠色入三曲擺脫貧賤富貴死生壽夭之
累而後可与適道四曲仰高鑽堅瞻之在前忽然在後五曲深遠六曲自得七曲上達而不離於下
李八曲去聖人一間非常人所去知然力行所至無不可為之理也九曲李之成功身在聖域而其
精微之蘊初不離於日用之常无它道也若它道則為異端遠天遠人而不可行矣三煙字首尾相
應一曲謂道未常不在天也間但人為氣稟物欲所累秦漢以來又為邪說異端所蔽不得其門而
入五曲犹在明暗之間八曲開豁洗除而趋於聖域矣又曰九曲全是初辟擬之卒成之終中間有
許多階級亦見其盈科而後進成章而後達耳又曰万壑千岩是言多少好處在裏面又曰看見玉
女峯棄而不顧便是非礼勿視只入前峯便是志於道直要透到上一層若被玉女峯綴住了向上

去不得又曰六曲見
万物各得其所處
洵惟首句是九曲水三字水寒氣陰象地六所成
第二句言進道工夫第三句是聖人地位末句要
人体之也總是武
夷擢歌進道階級

先生詠史之作題曰詩斷信乎推心窮迹昭
道比義繩以春秋之法歸諸天理之公其詞
嚴其論正其措深其意遠視古今諸家詠史
大有間矣謂詩之斷不其然乎惜唐宋諸詠
亦甚畧矣㝡免遺珠之嘆姑詮集末以俟後
之君子取足焉讀者幸共考諸閱文振謹誌

石堂先生遺集卷之二十一

石堂先生遺集卷之二十二

宋寧德　陳普　尚德

拾遺

先生遺稿漫漶特甚文詩稍完及闕而少者俱入編矣其闕甚不可讀者欲棄之則零金碎玉皆至寶也竊所不忍則取其成段者雜列于後以俟知言者擇之以見有道者之遺一言不可忽也故編拾遺閔文振謹誌

太公八十遇文王不知遇後又幾年文王始登天武王立又十三年始伐紂以太公為大將太公其時當

百歲矣武王有天下後又六年始登天太公又相成
王與周召同列其壽當百二十餘歲
召公相武王成王康王歷三代成王初年已求退不
得當亦百歲
穆王不知幾歲即位百年而作呂刑又不知幾年始
登天當百二三十歲
衛武公年九十五始作詩以自箴警後又不知在位
幾年
周自后稷佐唐虞盡心稼穡公劉繼之視民如子傳
十五六世而福德聖賢會于一家太王仲雍王季大

賢也泰伯文王武王周公大聖也四世之中三賢四聖一一康寧壽考復開八九百年大業此雖元氣之會而其一家之際值亦甚奇矣

聖人以位為贊天地之大寶後世乃以位為奉一人之大寶故其未得也則不顧其德之不足而役知力决性命以爭之幸而得之則認為已有而窮奢極欲以享之其為長思遠慮者不過欲其子孫得之甚者身得而身失之由秦漢以来天地民物之被其害者多矣孔子於易係曰天地之大德曰生聖人之大寶曰位斯言也其亦有所感也夫

自古及今人事得失氣化盛衰相尋於無窮其間大
亂極壞者屢矣而宇宙間人物卒不至於消盡者大
德曰生故也然豈若唐虞三代之際裁成輔相之有
人而於絪緼之化醇構精之化生無毫髮之損者哉
是故天地雖有以為天地而必不可以無聖人聖人
者得天地曰生之德以為心而與天地合其德者也
與天地相似故不違範圍天地之化而不過曲成萬
物而不遺其有功於天地乃如此天地而可以無聖
人哉

漢末群雄曹操孫策袁紹公孫瓚宗室劉虞劉表劉

焉各得一州或數州之地復有歲月可以展布劉虞
才不及其德艱危之際不足倚賴惟玄德最賢而為
吕布曹操所苦前後兩得徐州不得一日之安而終
失之及其崎嶇益州猶足以龍驤虎視而髪已蕭蕭
矣諸葛亮垂得關中而失之馬謖復出祁山而困於
霖雨屯田渭南魏人閉營自守其君臣之氣皆已奪
矣柰何半年而天遽奪之使司馬懿僥倖盜魏此蓋
為漢祚所累故其不幸有若此也關羽之能驤荊州
也魯肅吳人也而愛羽才屢勸孫權使與相睦共治
曹操不幸肅死而吕蒙陸遜以羽為仇此羽之不幸

也
晉武帝賢主也溺於竹林之風以酒色亡其國齊王攸賢嗣也不幸而夭以成賈郭諸王之禍淮南王允諸軍畏服討逆倫垂克矣邂逅而為伏胤所殺長沙王乂恭順有禮力戰以却河間成都之兵東海王越乃無故而害之使齊淮南長沙三王不死晉未必有永嘉之禍然司馬懿父子之毒不可幸而免也渡江國為牛而七廟猶為馬祖遂虎視河南外足以平河朔內足以禁王敦天一朝而殞之元帝死於王敦至明帝而敦自斃敦斃而明帝之英足為宗廟主矣天

與之二三十年宗社安矣柰何明帝甫平王敦不二年而不享國成帝幼冲嗣位亦賢主也始能親政而殂此晉之所以不競也

秦有道則扶蘇不死晉有福則無夕陽亭之事唐太宗之不仁也其子孫歷武氏禄山朱泚韓建朱温之手剪戮殆盡載之青史與石勒一日滅晉八十四王無異讀史至此股慄心寒不忍正視其文也

唐太宗父子見成湯武不會做却自討得無君篡竊之名與五王不知權变以亡身皆坐不學之故也

王介甫少壯時動輙可稱老成先輩交口譽揚以其

出不出為天下幸不幸觀其所蓄蓋誠有堯舜君民之心其素行亦多可取一旦得君陰僻百出流禍至今二百年未已此其故何也天下有不善之善其初如麟鳳其末如虎狼不可以輕信也君子之行不必見之民物即其燕居私室而知之觀人之道不必窮幽微睹其流足以得其源驗其花葉足以知其本根安有得道知理之人并心毀髮膚棄妻子及其父母巢居草衣偏袒瞋坐與鳥獸同群如此而謂之有道哉

德得也生而得於天行而得於心與我同形一體並

生天地之中者皆同其得而無有彼此人已之分也

此性之全體也

或曰生知安行不思不勉之聖人亦有磨治之功何也曰聖人者有心之天地也旣有心則其用力於幽潛之中者豈得而無特人不見其迹耳即晦翁夫子志學章註所謂獨覺其進而人不及知之意

知體立而後用行又知用行而後体立斯可與論實德矣德之體用唯其周而已不周則不足於行行而不足則其體未有所定而疑於物不惟不足為實之至而亦未可以為實矣

文公四書大意精義發明抉剔似無餘蘊今細詳之則其引而不發留待後人者尚多只如中庸十三章子思之意向先二節總言其實後二節申明流通無間之義蓋承上費隱意欲爲發明演繹先以此章起頭立脚雖章次在十三而其深意則方開端發軔首章一篇體要三章至十一章發明首章之義第十二章則以費隱二字申明首章道不可離之意自十三章至二十章凡八章則又以明十二章之義而十三章則其首也八章大意會合在一箇誠而十三章實八章之領何者中庸一篇明人道也雖極於無聲無

矣不過人道之至而已人位天地之中君臣父子日
用飲食萬事一理萬人一心萬古一日也
不與所求者不昧之本然勿施與責己者自盡之要
學己與人皆人也能如是則道之不遠於人者可見
合并流通無間隔之處矣庸德者君臣父子兄弟朋
友之常行庸言者不願與所求之常語此道不遠人
之實也蓋是非善惡人心不昧常在胸中常在口頭
而在己者常為氣質所拘物欲所蔽而不能踐其實
故常明於人而暗於己但能以所不願者不施於人
所求於人者自責於己則庸德常行不足者不敢不

勉而行常顧言矣庸言常謹有餘者不敢盡而言常顧行矣行之難進者勉而進之言之易放者謹而約之寡者益之而多者裒之則得中正之理而天命之實体在我是所謂慥慥也蓋不顧與所求即性即道而忠恕者其本明不息可以推擴洗磨而出其全體者也

文公言道者率性而已固衆人之所能知能行者也如饒氏之説則性有上下之不同衆人之性但能養而止而文公所謂卑近者止是能養所謂高遠者是持敬與養志等事也殊不知所謂卑近者正是堯舜

之孝弟所謂高遠者是凡指非日用之所切者而言也聖人動靜如天地細看用之則行舍之則藏二句可見此惟孔顔承當得不惟游夏由求諸子所未能到雖伊尹伯夷柳下惠亦恐未能盡到十分此事無難實非小小意必固我四者着毫髮於其間便當此二句不得

君子之學本立而後其道生義精而後其用利所以行藏之本領未深厚豈能有用之則行舍之則藏氣象苟能用之則行舍之則藏則其行藏之本領深厚可知夫子之道顔淵之學所以與天地同流者惟其

本領深厚而已聖人之言豈能空說故文公常云此八字極要玩味若他人用之則無可行舍之則無可藏惟孔子顏回先有事業在已若用之則見將出來舍之則藏了又曰舍之則藏易用之則行難漆雕開閔子騫諸人用之未必能行舍之未必能藏矣

舜典記舜之德云溫恭允塞臯陶謨論九德其一曰剛而塞是款其實也周子通書云五常有行非誠非也邪暗塞也是不款其實也先儒論敬云其心收斂不容一物是欲其虛也中庸曰不誠無物是不欲其虛也易之泰陽实陰虛陽為君子陰為小人實為誠

信虛為僞妄實為克足虛為欠缺故泰之六四云翩翩不富以其鄰象曰翩翩不富皆失實也謂上三陰同類皆虛妄之小人也此惡虛也至中孚得以四剛居外二陰居中為中虛之象惟虛故誠惟誠故孚故為中孚是又貴虛也咸卦山澤通氣為以虛受人之象此貴虛也○易義無窮爲事物之用又為一身之用治心克己之學亦所謂噬嗑而亨者也泰内剛外柔為内充實而外謙柔故其義為通誠則通也否内柔外剛為内空虛而外窒塞故其義為閉塞不誠故塞也是泰之虛實皆善而否之虛實皆惡也不惟是

也中孚一卦而虛之象皆備以全体觀而中虛虛故孚也以内外二體觀而中實實亦孚也全體中虛故為信及豚魚二體中實故為鶴鳴子和中虛中實皆孚也是中孚之虛實皆善也虛善則不虛為惡是不欲其實也實善則不實為惡是不欲其虛也

平時舉動無合禮及見君子則悚然動容而其言之發遂有篤實之論其善端之故在為可見矣彼善人者能加之以學即可入聖人之室此論篤者能即其嚴敬之端而充之亦足以為君子矣性之無在無不在若是此所謂生道所謂天地之心萬古一日者也

附録

石堂先生傳　　後學閔文振

先生諱普字尚徳別號懼齋閩寧德石塘人所居有石堂山學者稱石堂先生初淳熙間晦庵過石塘異其風土語人曰後數十年此中出儒者當讀天下書十八九理宗淳祐甲辰寔生先生有鵷鶵百數繞屋之祥手神秀異性資英特稍長入鄉塾有大人志聞恂齋韓氏倡道浙東負笈走會稽從之游韓之學出慶源輔氏輔氏朱門高弟也淵源所自屹為嫡泒故其學甚正在韓門嘗曰聆韓先生夜旦誦四書如奏

九部令人不知肉味故其用功本諸四書四書通然
後求之六經不貴文詞不急祿仕惟真知實踐求無
愧古之聖賢蓋其的趨孔孟上嘉唐虞秦漢而下漠
如也宋鼎既移决意卷藏朝廷三使辟為本省教授
不起開門授徒歸然以斯道自任四方及門歲数百
人館里之仁峯僧舍至不能容建州劉純父聘主雲
莊書院然勿軒留講鰲峯首議聖賢宜撤肖像祀用
木主勿軒意合且曰此事不革斯文之運未敢望其
升也丞相劉文簡公脩考亭屬為記復命修黄楊二
家喪祭禮因并晦庵所纂為三十卷傳於時尋講鱣

廣在德興初庵書院者尤久嘗與游翁山范木碧謝子祥極論太極之旨有曰太極無極只是一箇有物必有則有形必有性則各有所至各有所極物則形性未嘗相離乃道理之全體無時不在者也又曰物皆理之所為物固小而理自大物自沉而理自浮物自後而理自先太極不可以形氣言蓋雖無而實有也又曰未辨太極面目而遽斥無極之非未詳於易而遽目易為詿我此所謂傲忽者也又曰易有太極易有云者以心之所見示人也浮梁吳昌溪易有物則四字足以攝其樞而窮其涯矣晚在莆中十有八

年造就益衆出其門以正學顯者踵相接如韓古遺信周楊琬余載黃裳輩並為時所宗其為教諄諄人倫急力行而後文藝讀書務求大要嘗曰性命道德五常誠敬等字在四書六經中如斗極列宿之在天五嶽四瀆之在地舍此不求更學何事著字彙一卷授門人凡百五十三字識者目為百五十三顆驪珠風胡非乏巨眼然是珠也將照千里奚特十二乘顧當着之掌中耳先生少壯銳然有經世之志謂三代之治莫善於井田作書數千言欲上於朝屬不仕而止世以其書為可行所著有田書句解鈴鍵學庸旨

◎

及孟子纂圖周易解尚書補徵四書六經講義渾天儀論天象賦詠史詩斷凡数百卷元延祐乙卯卒于家年七十二今祀鄉先生祠嘉靖乙未知縣葉稠別建祠置田於里中

蘭莊子曰許文正可稱聞道而盧名所累卒弗自安於其心吳臨川名爵非藐而遺論弗逭嗚呼君子於石堂是以與其求矢矣其没也在元延祐子玆傳遺集署曰宋得非晉處士法耶矧其遺言粹如也為道載昭往啓来厥功茂焉晦庵風土之異厥徵豈微族玆求懷竊有崇於尚論

石堂先生遺集卷之二十二終

重刻石堂陳先生文集後敘

邑後學霈役子崔世召撰

蓋余邑自宋沓尤彬彬多文學之士維時後先鵲起為世儒宗顯者無慮十數家而石堂陳先生實為吾寧嚆矢先生蓋考亭正泒語在傳中

明興以經術取士士非朱氏學不傳而先生遺言以故多採入大全註疏有目者共睹之矣不佞束髮粗誦先王弔古豪杰獨稚嗜先生書間輙焚香披讀風啾啾四起庶幾眉宇見之然竊有感於斯道興替之故也作而嘆曰道術之裂所從

來久矣景响者沿流而不返摽詭
者入郢而面寘山於是枝指駢拇
至不可數然千百年來不朽者獨
心神耳孰使秦火不煨晉佛無壞
竹書壁簡至今揭日月而行者非
心耶孰使漆園吏列夫人鬼谷尸
徒淮南孽公子之流不獲與玄聖

素王方駟而駕者非心耶儒者以
心盛道而斯文載而行之則不朽
之業也今先生之書具在上追六
經下及星官曆筭之事靡所不備
至於井田之疏斷史之咏雋永乎
言之也蓋墻宇重峻吐納自深郎
其辭不盡澤於繁紘之嚮要以根極

神聖據依原本發大寶之輝光曉生民之耳目辟之天鷄始鳴曜靈啓塗司車南指萬里分岐其有功於來者大矣今天下都人士童習師訓旣白弁髦彼將論於繩墨之外自開戶牖竊一二餖飣以為奇故誦方術之書則北面矯首惟恐

卧而讀宋箋輒不終篇鼻鼾鼾睡矣嗟夫六經之要領猶茫漢臣之附會成痼不有濂洛關閩數夫子鼓吹於前先生輩羽翼於後而任樸戈之徒浸淫壅蠹吾道不將冥々窀穸哉大都世變綿邈心精不磨孔壁金聲越百餘年而一振古人

載道之言藏之名山必有鬼物護
呵以俟述者先生之書一厄於元
再厄於辛酉之爐而茲復大行斯
道替興運有必至何足惟焉是集
也邑先輩金泉薛君手自校讐註
釋付之殺青集未行而齎志以沒
而其子夢蘭實矢繼志之捐貲鬻產